孟浩然
王维
李白
醉
杜甫
白居易
刘禹锡

王安石
苏轼
李清照
陆游
杨万里
辛弃疾

穿越回古代，与李白、杜甫们一起刷

那些刷爆朋友圈的古诗词

1

谢沐希　黎超然 著　Gwemo鸡毛 绘

南方出版传媒　花城出版社　中国·广州

图书在版编目（CIP）数据

那些刷爆朋友圈的古诗词. 1 / 谢沐希，黎超然著 ；Gwemo鸡毛绘. -- 广州 ：花城出版社，2020.8（2022.1重印）
ISBN 978-7-5360-9154-2

Ⅰ. ①那… Ⅱ. ①谢… ②黎… ③G… Ⅲ. ①古典诗歌－诗歌欣赏－中国 Ⅳ. ①I207.2

中国版本图书馆CIP数据核字(2020)第061450号

出 版 人：肖延兵
策　　划：陈宾杰　谢　蔚
责任编辑：陈宾杰　钟毓斐
技术编辑：薛伟民　凌春梅
装帧设计：李玉玺

书　　名　那些刷爆朋友圈的古诗词. 1
NAXIE SHUABAO PENGYOUQUAN DE GUSHICI. 1
出版发行　花城出版社
（广州市环市东路水荫路 11 号）
经　　销　全国新华书店
印　　刷　深圳市福圣印刷有限公司
（深圳市龙华区龙华街道龙苑大道联华工业区）
开　　本　889 毫米 × 1194 毫米　32 开
印　　张　9.5
字　　数　220,000 字
版　　次　2020 年 8 月第 1 版　2022 年 1 月第 3 次印刷
定　　价　49.80 元

作　者

谢沐希　编辑、专业配音员、儿童故事演播人（主播名大力啤啤），已演播了三百多个儿童故事，故事在懒人听书的收听量过百万。

黎超然　专业配音员、配音导演，广州电台文史、诗词节目主持人。

插画师

Gwemo 鸡毛　国内著名漫画家，兼编剧、配音员、动画导演、游戏设计师。

代表作之一本格推理漫画《抽筋神探》被日本增田漫画美术馆永久收藏。

主要作品：《岁晚英雄》《7 觞》《床下男女》《抽筋神探》《噩梦游戏》等。

声演团队

Eng咕咕　专业创作及声演团队。十几年来，曾演绎众多影视剧、广播剧、有声书读物及主持诗词类节目。

语文顾问

李璐华　东山培正小学高级教师，从事小学语文教育三十多年，一直致力于在语文课堂中弘扬中华传统文化的教学与研究。执教课例《保护长城》获教育部 2018 年度“一师一优课，一课一名师”活动“优课”。

出版前言

本书虚构了一个穿越时空、生动好玩的诗词世界。

苦学诗词而不得其法的包仔，遇上了一只神奇的机器鸟咕咕。咕咕变成一部可穿越时空的平板电脑，带着包仔混进了古代诗人的朋友圈。在圈里，包仔、咕咕与各朝各代的诗人、诗人粉丝以及评论家们群聊互动，大长见识。包仔的诗词学习，从此像开挂了一样！

本丛书一套 3 册，共收录了中小学生必读的 170 首古诗词，本册收录了 59 首。本书以史实及诗词知识为依据，加以虚构与想象，以朋友圈的形式联通古今，展现了丰富而有趣的诗词世界，为中小学生提供一套诗词趣味读本。

每首诗按**发朋友圈**、**搜一搜**、**附近的人**、**群聊和私聊**、**意象详解**、**音频**的顺序排序。每一版块的内容如下：

发朋友圈

以诗人发朋友圈的方式展现诗歌，100% 还原诗人创作现场。

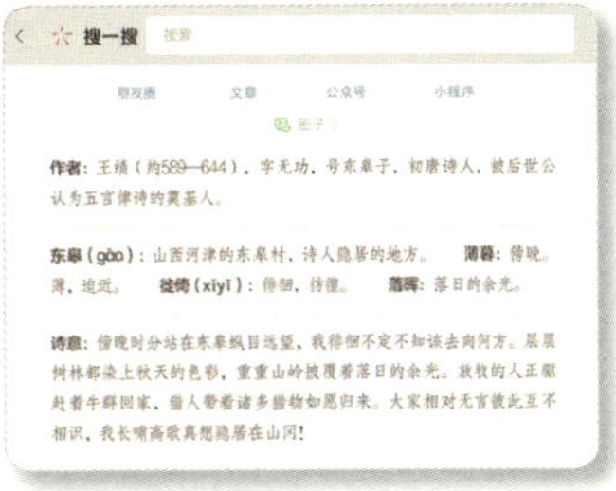

搜一搜

介绍诗人生平，对重点词语进行注释，白话意译全诗。

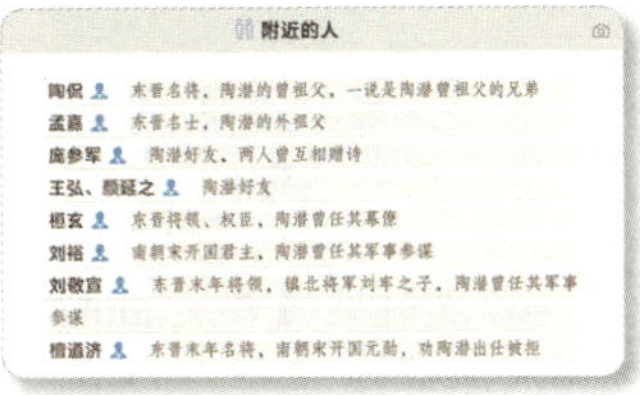

附近的人

介绍与诗人有关的亲友、粉丝、后世评论家。

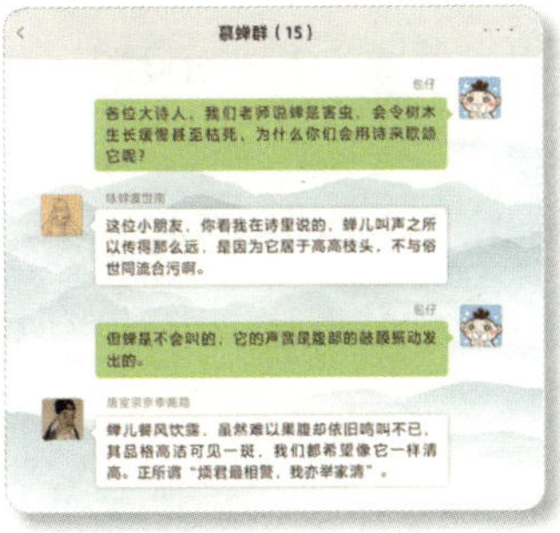

群聊和私聊

包仔、咕咕与诗人们交流诗词知识，包括创作背景、诗词赏析、诗人际遇乃至生活八卦，亦有诗词相关的传说、民俗，林林总总，好玩、有趣、有料！

意象详解

重点解读诗词中出现的高频词语，让读者触类旁通、举一反三。

音频

全书情景式配音，阅读+收听，真实体验古代诗坛生态。

扫右边二维码，会有更多惊喜哦！

语音版二维码

小伙伴们，让我们开始一场奇妙的诗词之旅吧！

编写说明

本书力求体例统一，但为还原朋友圈各种界面的真实感，同时兼顾内容的实际情况，会有一些变通的处理，具体如下：

1. “全网广播”“朋友的新动态”，视每首诗的需要而设置，有些诗也可能两项都没有。

2. 发朋友圈的时间与地点，有些诗标明了，有些诗没标明（史实不可考）。@ 提醒谁看，用绿色的字标明；不让谁看，用红色的字标明。

3. 朋友圈点赞与回复的人，如果早于诗人所处的时代，在其名字后加上，如果晚于诗人所处的时代，则加上，以示区别。

4. “附近的人”的头像，代表男性，代表女性。

5. “群聊”里，每位诗人在同一群里的昵称是统一的，但为了突出每一个群的特点及诗人的个性，同一位诗人在不同的群聊和朋友圈里，其昵称不做硬性的统一。

6. 本书的配图，有一部分来自中国古代绘画，画家所处的朝代也可能晚于诗人，这也符合本书时空穿越的设定，此处仅为配图所用，不再一一标明出处。

7. 为还原朋友圈的真实感，增加阅读的趣味性，本书保留了人们日常使用的网络语言，亦不再一一加注。

目录

新教材的古诗词
又多了。
78
好难啊！
怎么办？
翠柳！
翠柳！
是黄鹂！
一见就头大！
为什么诗人
老爱写黄鹂呢！
当然有原因啊！
黄鹂会
说话？！
我一定是被
诗词逼疯了！
你觉得
古诗词难？
那是因为你没读懂诗词
中的高频词密码。

“密码”？
对！
比如这栏杆，就是一个密码！
密码：凭栏。
包含了惆怅、激动、感慨，各种胡思乱想。
又如密码：圆月。
表示团圆、圆满和想家了。
弯月。
当然是残缺、遗憾的意思啊。
而我黄鹂。
歌声动听，美好的化身，
让诗人开启赞美模式！

哇哦！
密码还有很多，解通密码就解通古诗词了。
但……你真的是黄鹂？
好像太壮了点……
我其实是超智能机器鸟！
名叫咕咕。
机器鸟！好高能！
但你为什么帮我呢？
这……
是个秘密……
那你是学还是不学？
学！

那就不仅要解码，
还要进圈！
什么圈？
大家最熟悉的朋友圈！
变身！
进来！自己刷，自己搜！
目的
背景
心情
人际关系
啊！！

《观沧海》：气吞山河的雄心壮志

全网广播：207年，曹操北征乌桓。

曹操

今荡平天下，不辱主命，大败乌桓！可谓天助汉室也。

观沧海

东临碣石，以观沧海。
水何澹澹，山岛竦峙。
树木丛生，百草丰茂。
秋风萧瑟，洪波涌起。
日月之行，若出其中；
星汉灿烂，若出其里。
幸甚至哉，歌以咏志。

207年 · 河北碣石山

曹丕，曹植，张辽，徐晃，郭嘉，田畴，陈琳，阮瑀（下略无数部属）

郭嘉：司空大人好诗！

曹操回复郭嘉：若非奉孝，我又怎能力排众议，大破乌桓？为什么要我的奉孝中年夭折啊！

曹植：父亲大人好诗，孩儿试作几句唱和。名编壮士籍，不得中顾私。捐躯赴国难，视死忽如归。

曹操回复曹植：好！好！子建文采风流，气概十足，必成大事！

曹丕：恭喜父亲大人凯旋。

曹操回复曹丕：子桓，凡事多学学你弟，休要小肚鸡肠，我听说你对张绣……

曹丕回复曹操：没有的事！孩儿保证！

清·沈德潜：真有吞吐宇宙的气象啊！

搜一搜 搜索

朋友圈 文章 公众号 小程序

圈子 >

作者：曹操（155—220），本名吉利，字孟德，小名阿瞒，谥号武皇帝（魏武帝）。东汉末年杰出的政治家、军事家、文学家、书法家，曹魏政权的奠基人，和儿子曹丕、曹植并称为“三曹”。

碣（jié）石：山名。今河北昌黎碣石山。207年秋天，曹操征乌桓得胜回师时经过此地。　**海**：这里指的是渤海。　**澹澹**：水波晃动的样子。　**星汉**：银河。

诗意：我向东而行登临碣石山，观赏那苍茫浩瀚的大海。海水多么宽阔浩荡，山岛高高地耸立在海边。树木和百草丛生，十分繁茂。秋风吹动树木发出悲凉的声音，海中涌动着巨大的海浪。太阳和月亮的运行，仿佛出自浩瀚海洋之中。银河群星璀璨闪耀，也似是出自浩瀚海洋之内。看见这壮丽景色，我很幸运，就用这诗歌来表达我的志向吧。

附近的人

曹丕、曹植 曹操儿子，与曹操并称“三曹”

张辽、徐晃 曹操部下大将，从征乌桓

田畴 曹操部下，为曹操破乌桓做向导

郭嘉 曹操谋士，力主曹操先破乌桓，班师前病死

陈琳、阮瑀 曹操部下，同列“建安七子”

沈德潜 清乾隆四年（1739）进士，编《古诗源》《唐诗别裁》等，点评曹操作品

曹孟德声援群1（500）

我是盖章的刘协

曹司空立大功了！

曹操

托陛下洪福！想那乌桓长年入塞为害，声援袁氏残党，这次被我一举击破，真解气！待来年南征，一匡天下，那就完成我毕生心愿了。

曹孟德声援群1（500）

我是盖章的刘协

曹司空，这荆州刘表，乃汉室宗亲……

曹操

@我是盖章的刘协　陛下，你说什么？

我是盖章的刘协

我是说辛苦曹司空了，南征北战，为朕分忧！

包仔

@我是盖章的刘协　不用怕，我打的游戏都说他输了！

曹操

胡言乱语，滚出去！我平时忙于政务，陛下代管本群，应尽审核之责。

我是盖章的刘协

是的！是的！

包仔、咕咕被曹操踢出了群聊

包仔、咕咕私聊

包仔

哎呀，多嘴了！真倒霉！我还想问他为什么说曹丕小肚鸡肠，还有张绣那件事。

咕咕

我告诉你吧。张绣之前是宛城的诸侯，一开始投降曹操，但是曹操纳了他的婶婶做妾，所以他偷袭曹操，令曹操的长子曹昂、侄子曹安民被杀，猛将典韦战死，但后来张绣还是投降了曹操。

包仔

啊？那他哪还有好果子吃！

咕咕

曹操倒没什么，还让儿子曹均娶了张绣的女儿。但是根据《魏略》的记载，曹丕怀恨在心，对张绣说，你杀了我的兄长，还有什么脸面见人，然后张绣就自杀了。

包仔

一句话就逼得人自杀？

咕咕

这只是《魏略》的说法而已，《三国志》里没有这个记载，而是说张绣跟随曹操去柳城征讨乌桓，还没有到达就死了。

包仔、咕咕私聊

包仔

那究竟哪个说法是对的？

咕咕

这很难说。只不过，就算张绣不是曹丕逼死的，曹丕这小气鬼的名声也很难洗白。曹丕因为叔叔曹洪曾经不肯借钱给他，当皇帝后就逼死了叔叔。当然，还有曹丕和弟弟曹植的故事，你往后看就知道了。

音频

文学史上以“三曹”为代表的“建安风骨”到底有多牛？

《七步诗》：被亲哥逼出的急智才思

全网广播：220年正月，曹操病逝，终年六十六岁。曹丕继父位为魏王及丞相；同年十月刘协（汉献帝）被迫禅让帝位，曹丕受禅登基（是为魏文帝），立国号为大魏，改元黄初。

曹植

我哥要我在七步内成诗，作不出就杀我！作便作，还不带腿抖。

七步诗

煮豆持作羹，
漉菽以为汁。
萁在釜下燃，
豆在釜中泣。
本自同根生，
相煎何太急？

220年 · 洛阳

不让谁看：曹丕

曹彰，曹操，崔氏，谢灵运，刘义

庆，刘勰，王世贞

卞太后：我就知道他要动手了，我要叮嘱子文好生防范。

曹彰回复卞太后：安啦，我就一打仗的料，又没跟我哥争过世子之位，我哥还要靠我带兵，不会动我的。

甄皇后：嘘，别秀！

曹操：我临终前叫子桓给我一个“文”的谥号，他非叫我“武帝”，是让世人骂我谋朝篡位吗？甩锅给我，还想杀子建，这逆子！

杨修：为你打call，没白教你！

崔氏：我这水灵的魂魄都要飞散了！烧点绣衣给我压压惊。

曹操回复崔氏：死不悔改……

谢灵运：天下才华有一石，曹子建独占八斗，我得一斗，天下共分一斗。

搜一搜 搜索

朋友圈 文章 公众号 小程序

圈子 >

作者：曹植（192—232），字子建，著名文学家，建安文学代表人物之一，曹操与卞氏所生第三子。

持：用作。 **漉：**过滤。 **萁：**豆秸，晒干后用作柴火烧。

釜：古代一种锅。

诗意：煮豆做豆羹，把过滤后的豆子做成调味的汁液。豆秆在锅下燃烧，豆子在锅中哭泣。豆秆和豆子本来是同根生长的，为什么要相互煎熬得那么狠呢？

附近的人

曹丕、曹彰、曹植	亲兄弟
卞太后	曹植的生母
崔氏	曹植的妻子
甄皇后	曹植的嫂嫂
杨修	曹植的军师，辅助曹植争世子之位
谢灵运	南北朝著名诗人、旅行家，膜拜曹植
刘义庆	南北朝文学家，著有《世说新语》，欣赏曹植
刘勰	南北朝文学理论及批评家，著有《文心雕龙》，欣赏曹植
王世贞	明朝文学家、史学家，著有《艺苑卮言》，欣赏曹植

曹子建粉圈（60）

刘义庆〔南北朝〕

膜拜《七步诗》！买断版权！独家收录！必须的！请子建关注我的《世说新语》！

刘勰〔南北朝〕

我也是铁粉！有《文心雕龙》为证！“子建思捷而才俊，诗丽而表逸”正是出自我手。求子建赐个签名！

曹子建粉圈（60）

王世贞〔明〕

子建请看看我！我在《艺苑卮言》里写道："子建天才流丽，虽誉冠千古，而实避父兄，何以故？才太高，辞太华。"

咕咕

@包仔　看到了吧？一众文坛著名写手、评论员抢着表功了，都说曾在自个儿的专著里称赞曹植的才智和文采666。

谢灵运〔南北朝〕

子建就是才高八斗！

包仔

@谢灵运〔南北朝〕　原来才高八斗是这么来的！谢伯伯，您说天下人的才华只有一石，您也有一斗，其他人才分剩下那斗，那您也很厉害哦！@咕咕　不过，石和斗到底有多少呢？

咕咕

石是古代容量单位，注意，这个字读dàn不读shí。十升就是一斗，十斗就是一石。

包仔、咕咕私聊

包仔

卞太后早就知道曹丕要杀曹植吗？

包仔、咕咕私聊

咕咕

卞太后是曹丕、曹植亲妈，自己生的还能不了解吗？何况曹丕和曹植还争过谁做当家。

包仔

那曹丕也想杀曹彰吗？但曹彰没跟他争呀。

咕咕

曹彰是没争。他天生神力，文章一般，只想做个将军，也确实立了很多战功。你知道“功高盖主”吧？据说223年，曹植和任城王曹彰、白马王曹彪去拜见曹丕，但曹彰单独见曹丕时急病暴毙。卞太后见老二死得不明不白就急了，撂下狠话，说要是曹丕敢再害老三曹植就跟他拼了！

包仔

既然曹植那么厉害，那为什么争不赢呢？

咕咕

本来曹植很受曹操器重，加上有才华横溢的杨修当军师，赢面还是挺大的。但他文人气太重了，恃才傲物，任性放浪，借着酒兴干了几件糊涂事，就失去了曹操的信任。这一段，我在音频故事里再跟你细说。而杨修呢，也因为站错了队，而且学问太大，被曹操杀了。

包仔

为什么曹操说曹丕甩锅呢？

包仔、咕咕私聊

咕咕

曹操想让曹丕给自己一个“文”的谥号，因为他想把自己比作周文王，但曹丕在建安二十五年十月汉献帝禅让之后，在十一月追尊曹操为“武皇帝”。后来有史学家推断，曹丕以“武”追尊曹操，除了有武功卓绝的意思外，也暗指武王伐纣。意思是，老爸，该你背的锅还是要背的。其实，曹操一直挟天子以令诸侯，哪有那么容易洗白自己？

包仔

那曹操又为什么说曹植的老婆崔氏死不悔改呢？

咕咕

崔氏就是因为“绣衣违制”被曹操赐死的。

包仔

什么是“绣衣违制”？

咕咕

她穿得太漂亮了，还在一向崇尚简朴的曹操面前招摇。

包仔

这就赐死？

咕咕

借口而已。曹操想打击崔氏她叔崔琰。

包仔、咕咕私聊

包仔：贵圈真乱。

咕咕：我圈外的。

敲黑板喽！意象详解

七步诗：这是后世常用的典故。七步能成诗，这得多聪明才办得到？所以七步诗就是指才思敏捷。

后人还从诗中引申出“相煎何急”“煮豆燃萁”两个成语。正是因为当哥的曹丕想杀弟弟曹植，才逼得曹植急中生智写出这首诗，所以当你遇到手足相残时，就可以用这两个成语了。

包仔：请问菽是什么？

咕咕：你五谷不分吗？

包仔：你骂人吗？

咕咕：对，五谷不分就是指因为不劳动、缺乏生产知识，连最常见的五种谷物都分不清。记住了，关于五谷，一般是指稻黍稷麦菽或麻黍稷麦菽。菽就是豆类的总称。

釜： 釜可不是斧的亲戚哦！釜是古代的煮食容器，锅的前身，盛行于秦汉。看看用了这个“釜”字的成语“破釜沉舟”——饭锅打破了，船也凿沉了，就是说不管是生路死路都要一条路走到黑，没有退路，多不顾一切啊！

音频

有人说《七步诗》未必真是曹植写的……
想知道为什么曹植争不过曹丕吗?

《饮酒（其五）》：大隐隐于市，心静无挂碍

全网广播：417年，刘裕北伐入长安。420年，刘裕代晋自立，定都建康，国号宋。

陶渊明

还是做个采菊、喝酒的佛系人吧。

饮酒（其五）

结庐在人境，而无车马喧。
问君何能尔？心远地自偏。
采菊东篱下，悠然见南山。
山气日夕佳，飞鸟相与还。
此中有真意，欲辨已忘言。

♡ 陶侃，孟嘉，庞参军，王弘，颜延之，桓玄，刘裕，刘敬宣，檀道济

陶侃：哈哈哈，你搬砖的祖上来留个爪。前人的耕耘换来后人更多的选择，值！大禹惜寸阴，我辈平常人当惜分阴。做自己喜好的事，就是最好的惜时！

陶渊明回复陶侃：晚辈受教！

孟嘉：好外孙，好境界！

王弘：来，我来送酒给你。

颜延之：来，我来替你付酒钱。

陶渊明：两位高情厚谊，谢啦。

檀道济：来，我送“五柳先生”粱肉。

陶渊明回复檀道济：我不为五斗米折腰，何况粱肉？拿走拿走！

搜一搜　搜索

朋友圈　文章　公众号　小程序

圈子 >

作者： 陶渊明（约365—427），名潜，字渊明，又字元亮，自号“五柳先生”，私谥“靖节”，世称靖节先生。东晋末至南朝宋初伟大的诗人、辞赋家。他是中国第一位田园诗人，被称为“古今隐逸诗人之宗”。

南山： 泛指山峰，一说指庐山。

诗意： 我居住在繁华的人世，却没有车马的喧嚣。问我如何做到？皆因心存高远，自不受俗世烦扰。在东篱之下采摘菊花，悠然抬头便见南山胜景。傍晚时分山中气息十分好，有飞鸟结伴而归。这当中蕴含的人生真意，想说出之时已忘记如何表达。

附近的人

陶侃　东晋名将，陶潜的曾祖父，一说是陶潜曾祖父的兄弟

孟嘉　东晋名士，陶潜的外祖父

庞参军　陶潜好友，两人曾互相赠诗

王弘、颜延之　陶潜好友

桓玄　东晋将领、权臣，陶潜曾任其幕僚

刘裕　南朝宋开国君主，陶潜曾任其军事参谋

刘敬宣　东晋末年将领，镇北将军刘牢之子，陶潜曾任其军事参谋

檀道济　东晋末年名将，南朝宋开国元勋，劝陶潜出仕被拒

包仔、咕咕私聊

包仔

咕咕，我有一件事不明白。为什么陶渊明收了别人送的酒和钱，就是不收那个檀道济送的粱肉呢？

咕咕

哈哈，那要看送礼是为了什么。那个王弘是陶渊明的好朋友，在重阳节带酒和陶渊明同饮，这送来的是一份情谊。

包仔

嗯，这个我知道。当时王弘穿一身白衣，所以这个故事叫白衣送酒。我在你的资料库里面看到过哦。

包仔、咕咕私聊

咕咕

学会自己查资料了，不错啊！还有那个颜延之也是陶渊明的好朋友，曾经接济过陶渊明。陶渊明直接把颜延之给他的钱送到酒家，以便以后去拿酒方便些，这就是颜公付酒钱的来由。

包仔

对啊，那为什么陶渊明不要檀道济送的东西呢？

咕咕

一来，因为当时檀道济并不是陶渊明的好朋友；二来，俗话说“礼下于人，必有所求”，檀道济送梁肉来是劝陶渊明出仕，陶渊明当然拒绝他啊。

包仔

但是当官也没什么不好啊。

咕咕

因为陶渊明认为当时的皇帝刘裕取得天下的手段太残忍了，所以才不肯再当刘裕的手下。他曾经说过“量力守故辙，岂不寒与饥”，意思是宁可忍受饥寒也不做不该做的事，所以他就把檀道济送来的东西扔出门外了。

包仔

我知道，我知道，他还说过“不为五斗米折腰”。

包仔、咕咕私聊

咕咕

是啊，他当彭泽县令的时候，本来就看不惯作威作福的督邮，有一次竟还被手下劝说要穿着官服、束上大带再去参见督邮以免被罚，他就忍无可忍了，说出了“不为五斗米折腰”这一千古名句，然后立马辞职，隐居去也。

敲黑板喽！意象详解

菊花：自从陶渊明的“采菊东篱下”后，菊花就变成了花之隐逸者，因而象征隐士，超然洒脱，淡泊孤高。

菊花凌寒傲霜，花残而不落，象征着一种战天斗地的斗士精神。典型代表是黄巢的“冲天香阵透长安，满城尽带黄金甲”。

古人在重阳佳节有登高望远、饮酒赏菊的风俗，诗人往往会在此时思乡怀人、感怀身世或伤时忧民，因此菊花也是感时伤怀的象征。如李清照的“人比黄花瘦”。

陶渊明：我就要活成一棵树的样子

《蝉》：居高声自远，餐露心自洁

全网广播：618年，杨广（隋炀帝）被右屯卫将军宇文化及缢杀，宇文化及称帝，国号许。李渊废杨侑（隋恭帝），自称帝（是为唐高祖），国号唐。626年，玄武门之变，李渊传位李世民，自为太上皇。643年，李世民绘二十四功臣像于凌烟阁。

虞世南

我哥是我哥，我是我。

蝉

垂緌饮清露，
流响出疏桐。
居高声自远，
非是藉秋风。

♡ 李世民，欧阳询，房玄龄，褚遂良，智永，虞世基

虞世基：我弟不学我，我不如我弟啊！

虞世南回复虞世基：哥，虽然我向宇文化及匍匐请求代你受过，也还是救不了你啊！

李世民：伯施不愧是德行、忠直、博学、文词、书翰五绝啊。

虞世南回复李世民：谢陛下谬赞。

欧阳询：字好，诗亦好。

虞世南回复欧阳询：我容貌更好。

欧阳询回复虞世南：老虞你……友尽！

骆宾王：以蝉自况，晚辈学到了。

李商隐：以蝉自况，晚辈也学到了。

虞世南：不不，你们还没学到啊。

< 搜一搜 搜索

朋友圈 文章 公众号 小程序

圈子 >

作者：虞世南（558 — 638），字伯施。唐初书法家、文学家、政治家，凌烟阁二十四功臣之一。

垂緌（ruí）：古代官帽打结垂下的帽缨。蝉的头部伸出的触须，形状与其近似。　**桐：**梧桐树。

诗意：蝉儿垂下如帽缨似的触须吸饮清甜的露水，响亮的叫声从稀疏的梧桐树枝间传出。它身居高处，声音自然能够传得很远，并不是借助秋风的吹送。

附近的人

李世民　唐太宗，极为器重虞世南，将其列为凌烟阁二十四功臣之一

欧阳询、褚遂良　著名书法家，虞世南好友，同列“初唐四大家”

房玄龄　唐初名臣，虞世南同事，同列“十八大学士”

智永　本名王法极，王羲之七世孙，曾教授虞世南书法

虞世基　虞世南兄长，隋朝大臣，谄媚受贿，生活豪奢，后被宇文化及所杀

慕蝉群（15）

包仔

各位大诗人，我们老师说蝉是害虫，会令树木生长缓慢甚至枯死，为什么你们会用诗来歌颂它呢？

咏蝉虞世南

这位小朋友，你看我在诗里说的，蝉儿叫声之所以传得那么远，是因为它居于高高枝头，不与俗世同流合污啊。

包仔

但蝉是不会叫的，它的声音是腹部的鼓膜振动发出的。

唐室宗亲李商隐

蝉儿餐风饮露，虽然难以果腹却依旧鸣叫不已，其品格高洁可见一斑，我们都希望像它一样清高。正所谓“烦君最相警，我亦举家清”。

慕蝉群（15）

一字千金王勃

说得对，鹰风凋晚叶，蝉露泣秋枝。不食人间烟火，唯有蝉。

包仔

呃，你们搞错了！蝉吸食的是树汁而不是露水，这对树是有害的。

咏蝉虞世南

我爱白鹅骆宾王

小朋友，你要明白，我们表面上写的是蝉，实际上写的是自己，我们只是赋予了蝉高洁的意象而已，这是它文学上的形象，而不是你老师说的现实形象哦。

包仔

啊，那么你的意思是，蝉不是蝉，是你们自己？

我爱白鹅骆宾王

哈哈哈，也可以这样理解。在我被囚禁的时候，听着蝉儿鸣叫，想的却是我自己。我们赋予它高洁的意象，实际上是在表明自己的坚持和忠贞。只可惜，“无人信高洁，谁为表予心”啊。

敲黑板喽！意象详解

蝉：古人认为蝉居高枝，饮露为生，不食人间烟火，是高洁的象征。所以不少诗人喜爱借蝉自喻，如虞世南的这首《蝉》。

蝉寿命短暂，叫声凄切，因此常被用来渲染悲凉的氛围，寄托诗人身世之痛、家国之思、离别之苦等哀痛之情。

古人也喜欢用蝉声的响亮衬托环境的幽静，如王籍的“蝉噪林逾静，鸟鸣山更幽”，辛弃疾的“明月别枝惊鹊，清风半夜鸣蝉”。

据《礼记·月令》记载，蝉鸣当在孟秋，即暑尽秋来之时，因此蝉也是报秋的使者。

音频

位列凌烟阁是何等荣耀?

《野望》：五言律诗奠基之作在此，请查收

朋友的新动态

王绩

采薇去吧！喝喝酒，写写诗……

野望

东皋薄暮望，徙倚欲何依。
树树皆秋色，山山唯落晖。
牧人驱犊返，猎马带禽归。
相顾无相识，长歌怀采薇。

♡ 崔善为，杜之松，杨素，陈叔达，焦革，李淳风

崔善为：你主要是喝酒吧。

王绩回复崔善为：只是喝就小看我了，我还有大计划！

杨素：“神童仙子”竟隐居不得用？当今天下……堪

忧啊。

陈叔达：斗酒也留不住你吗？

焦革：我吩咐内子送酒给你，哪知道她也跟我去了。

陶渊明：隐居好！你很快就能体会到隐居的乐趣了。

王绩回复陶渊明：偶像回复我！今晚要喝五斗！

王凝：你现在有那么多时间，可以帮我完成《隋书》了吧？

王通：恐怕隐居后更忙了……

王勃回复王通：爷爷，还是您了解叔公。

< 搜一搜 搜索

朋友圈 文章 公众号 小程序

圈子 >

作者：王绩（约589—644），字无功，号东皋子，初唐诗人，被后世公认为五言律诗的奠基人。

东皋（gāo）：山西河津的东皋村，诗人隐居的地方。 **薄暮**：傍晚。薄，迫近。 **徙倚**（xǐyǐ）：徘徊，彷徨。 **落晖**：落日的余光。

诗意：傍晚时分站在东皋纵目远望，我徘徊不定不知该去向何方。层层树林都染上秋天的色彩，重重山岭披覆着落日的余光。放牧的人正驱赶着牛群回家，猎人带着诸多猎物如愿归来。大家相对无言彼此互不相识，我长啸高歌真想隐居在山冈！

附近的人

崔善为 王绩好友，互有诗歌唱酬

杨素 隋朝名臣，接受十五岁的王绩谒见时，称他为“神童仙子”

杜之松 王绩的老朋友，邀请其讲课被拒

陈叔达 唐朝宰相，南朝陈第四位皇帝陈宣帝第十七子，曾加酒挽留王绩

焦革 太乐署官员，善酿酒，王绩是其粉丝，编酒谱收录其酿酒法

李淳风 唐代著名天文学家、数学家，道士，常与王绩品酒

陶渊明 王绩的偶像

王通 隋朝大学者、大教育家，王绩的弟弟

王凝 王绩的哥哥

王勃 初唐四杰之一，王绩的从孙

王绩酒友群（10）

包仔

王伯伯到底有多爱酒啊？

杜之松

他这个人啊，嗜酒如命！我请他来帮我讲授礼法，他居然说不能为谈论糟粕而抛弃美酒。

陈叔达

无功你也忒不厚道了，我知道你说良酒三升使人留恋，就特意把你的日例美酒从三升加到一斗，你为啥还要走呢？

王绩酒友群（10）

斗酒学士王绩

@陈叔达　这可不能怪我，我生病了嘛，后来你再找我回来我就回来了啊。

酿酒大师焦革

为无功酿酒最有成就感了！他说最爱喝我酿的美酒，我就天天给他喝，我临终前还吩咐妻子不能断供！无奈啊，我妻子一年后也去世了，我的酿酒法再无用武之地！

斗酒学士王绩

@酿酒大师焦革　快谢我！

酿酒大师焦革

为什么呢？

斗酒学士王绩

我把你焦家的酿酒法和杜康、仪狄的酿酒法编成酒谱，造福天下爱酒之人。

酿酒大师焦革

啊！功德无量啊！拜谢！

崔善为

原来这就是你说的大计划！

王凝

难怪我拜托你撰写的《隋书》迟迟完成不了！

李淳风

王君，你真的是酒家的南董啊！

王绩酒友群（10）

包仔：@咕咕　南董又是什么东东？

咕咕：南董就是春秋时著名史官南史氏和董狐的并称。李道长的意思是，王绩编酒谱相当于酒界的著名史官。

敲黑板喽！意象详解

采薇：薇，是一种植物。相传周武王灭商后，伯夷、叔齐不愿做周的臣子，在首阳山上采薇而食，最后饿死。诗歌里经常用“采薇”代指隐居生活，也有用这个典故来形容坚贞、有骨气的人。

音频

酒仙李白在王绩面前只能算是酒坛小白

王勃

《送杜少府之任蜀州》：知心朋友虽远犹近

全网广播：649年，李世民（唐太宗）卒，李治嗣位（是为唐高宗）。太宗才人武氏（武则天）入感业寺为尼。655年，李治立武氏为皇后。664年，李治临朝，武后垂帘，中外称为二圣。666年，李治封禅泰山。

王勃

各奔前程去，理应奉上祝福，何必哭哭啼啼呢？

送杜少府之任蜀州

城阙辅三秦，风烟望五津。
与君离别意，同是宦游人。
海内存知己，天涯若比邻。
无为在歧路，儿女共沾巾。

♡ 王通，杜易简，刘祥道，李治，李贤，杨炯，卢照邻，骆宾王

杜易简：不愧是“王氏三株树”之一啊！

刘祥道：为没长歪的神童鼓掌！

李治：确为我大唐奇才啊。

李贤回复李治：父皇，子安文采飞扬淋漓尽致。孩儿眼光好吧！

李治回复李贤：望他好好教导你，以身作则，多读书，少胡闹，不然朕必重罚。

杨炯：别人可能要百年才能学完的东西，你几个月就搞定了，是挺厉害的，但我也可以啊。单凭这点就排名在我前面，似乎还不够瞧……

王勃回复杨炯：群里说道说道。

搜一搜 搜索

朋友圈 文章 公众号 小程序

圈子 >

作者：王勃（约650—约676），字子安。唐朝文学家，“初唐四杰”之首。

少府：唐代对县尉的称呼。 **三秦：**指长安城附近的关中之地，即今陕西省潼关以西一带。秦朝末年，项羽破秦，把关中分为三区，分别封给三个秦国的降将，所以称三秦。 **五津：**指岷江的五个渡口：白华津、万里津、江首津、涉头津和江南津。这里泛指蜀州。

海内：四海之内，即全国各地。 **歧（qí）路：**岔路。古人送行常在大路分岔处告别。

诗意：三秦之地拱卫着雄伟的长安城，透过风云烟雾遥望着蜀州地方。今日和你离别心中无限感慨，因为我与你同是在宦海中浮沉之人。路途遥远但阻隔不了我们的友情，纵使远隔天涯也犹如近在比邻。那又何必在岔路口上分手之时，像小儿女那样泪湿青衫呢。

附近的人

王通 隋朝大学者、大教育家，王勃的祖父

杜易简 诗人杜审言族兄，杜甫的伯祖父，称赞王勔（miǎn）、王勮（jù）、王勃三兄弟为“王氏三株树”

刘祥道 唐朝宰相，王勃向其上书直陈政见，被赞为神童

李贤 沛王，赏识王勃，聘王勃为沛王府修撰

李治 唐高宗，赏识王勃，称王勃为大唐奇才。后因王勃为李贤与英王斗鸡而作《檄英王鸡文》，认为王勃才用不正、挑拨离间，将其逐出长安

杨炯、卢照邻、骆宾王 与王勃并称“初唐四杰”

初唐四杰排名拉票小团体（10）

包仔

各位老师好，究竟初唐四杰是怎样排名的？

住茅屋的杜甫

@包仔　“王杨卢骆当时体，轻薄为名哂未休。”你看我的诗就知道排名了。

99%

初唐四杰排名拉票小团体（10）

燕许大手笔张说

我认为是骆卢王杨。

后晋赵莹

我编的《旧唐书》有两个版本，王杨卢骆、杨王卢骆都有哦。

一字千金王勃

不知道那些人为啥非要争！我年少成名，六岁能文九岁写书，“落霞与孤鹜齐飞，秋水共长天一色”天下闻名，我不排第一谁排第一？

稳中求胜杨炯

切，谁不是年少成名？我还神童呢！十一岁就待制弘文馆，某人当时还没求官呢。论名句我也有“宁为百夫长，胜作一书生”，谁怕谁来着。总之愧在卢前，耻居王后。@愿作鸳鸯卢照邻

愿作鸳鸯卢照邻

不要@我啦，我不想比，志不在此。“得成比目何辞死，愿作鸳鸯不羡仙。”

我爱白鹅骆宾王

慢，听说有人讨论神童？那就是不把七岁写出“鹅鹅鹅”的我放在眼里？

包仔

庐山瀑布汗，各位老师不要吵了好吗？

河东裴行俭

都不知道争什么！除了杨炯，一个个都没什么好结局。

包仔、咕咕私聊

包仔

那个河东裴行俭怎么说话那么丧？

咕咕

裴行俭出言直率，虽然话不好听，可后来的事实证明，真是一语成谶！

包仔

咕咕

王勃二十七岁在南海淹死英年早逝；卢照邻身患重病导致残疾，饱受折磨最后投颍水自尽；骆宾王跟随李敬业起兵反武则天，兵败下落不明；唯有杨炯在任上病亡，算是结局最好的一个了。

包仔

这也太惨了！

咕咕

不过他们留下了很多光辉的文化遗产，书生意气，激扬文字。正如杜甫怼的“尔曹身与名俱灭，不废江河万古流”，意思是，等那些浅薄的评论家都化为灰土了，王杨卢骆的文章还是像滔滔江河一样万古奔流。

3:30 那些刷爆朋友圈的古诗词

音频

王勃笔下被誉为千古绝唱的《滕王阁序》不得不说的传说

《咏鹅》：还记得骆家塘边那位爱鹅的少年吗

全网广播：683年，李治（唐高宗）卒，李显继帝位（是为唐中宗）。684年，武太后废李显为庐陵王，立李旦为帝（是为唐睿宗）。武太后临朝称制。

骆宾王

豁出去了！我要用笔撕开那个女人的假面具！我已公开发表《代李敬业传檄天下文》，从这一刻开始，我们是讨伐武氏的正义之师，欢迎各路英雄加入！

684年 · 扬州

武太后：这篇檄文写得太好了！这么有才华，却不是我的人，可惜啊！

骆宾王回复**武太后**：呸！妖后！

骆履元：儿呀，你是想我们骆家团灭吗？给你取名宾王，就是要你辅助君王、建功立业啊！

骆宾王回复**骆履元**：爹，要辅助也是辅助真正的君王！

骆宾叔：哥，早说呀，我要保住骆家的血脉啊！

骆宾王回复**骆宾叔**：弟，快走！骆家靠你了！

骆履元回复**骆宾王**：你都六十了，有自己的主张，我也管不了。见你今日这样，我又忍不住想起你七岁那年，你爷爷向客人称赞你文采出众，客人就指着骆家塘的鹅要你即兴赋诗的情景。当时的你多么天真烂漫、无忧无虑啊！儿呀，再给我念一遍吧。

骆宾王回复骆履元：遵命！

咏鹅

鹅，鹅，鹅，
曲项向天歌。
白毛浮绿水，
红掌拨清波。

搜一搜 搜索

朋友圈 文章 公众号 小程序

圈子 >

作者： 骆宾王（约619 — 约687），字观光。“初唐四杰”之一。

诗意： 鹅，鹅，鹅，一群大白鹅弯着脖子向天高歌。雪白的羽毛漂浮在碧绿的水面，红红的脚掌拨动着清清的水波。

附近的人

武则天	被骆宾王发文讨伐
骆履元	骆宾王的父亲

附近的人

骆宾叔	骆宾王的弟弟
李敬业	又称徐敬业，骆宾王的上司，带他一同讨伐武则天

包仔、咕咕私聊

包仔：骆宾王骂武则天什么了？

咕咕：“豺狼成性”“残害忠良”“杀姊屠兄”“弑君鸩母”“包藏祸心，窥窃神器”“人神之所同嫉，天地之所不容”。

包仔：好像每句都很狠，但我通通看不懂。

咕咕：像豺狼那么凶残，害死反对她的长孙无忌、上官仪、褚遂良等忠臣，杀了她姐她哥，谋害皇上，毒死皇后，阴谋夺取帝位，不管是凡人还是天神都痛恨她，她的所作所为简直天地不容。

包仔：这都是真的吗？

咕咕：未必全是。

包仔、咕咕私聊

包仔

但她被骆宾王骂得狗血淋头不但不生气还称赞他，光是这样就让我觉得很可怕了！

咕咕

换个角度看吧。这说明骆宾王确实很优秀，而武则天也非常爱惜人才。要知道，你的亲友夸你好，你未必真的好；但连你的敌人也赞你好，那才是实至名归的好！

音频

伐武兵败后，骆宾王下落不明，他究竟结局如何？

《风》：无相无形，亦柔亦刚

全网广播：689年，武氏自名为武曌。690年，武曌废李旦为皇嗣，唐亡，武曌称帝，国号周。

李峤

春意盎然，兴至而抒怀，来来来，有奖游戏来一波！凡点赞和转发的朋友，将免费获得本人亲笔签名《精品咏物诗集》一本，全国包邮！

风

解落三秋叶，
能开二月花。
过江千尺浪，
入竹万竿斜。

♡ 日月当空武曌，苏味道，杜审言，崔融，张锡，狄仁杰，骆宾王，张说

日月当空武曌：李卿家有这般闲情逸致，朕的定制诗写好了吗？

李峤回复日月当空武曌：陛下万福金安，微臣明日面圣跪呈拙作。

崔融：去游山玩水不早说？

李峤回复崔融：我们四友三缺一，来不来？

骆宾王：巨山会玩，推销新书骚操作。

张锡：66666，外甥多似舅。

狄仁杰回复日月当空武曌：巨山文才出众，定能辅佐陛下。

张说：真乃良金美玉也！

咕咕：不少评论家都说李峤的咏物诗老是用典，这首算是异数，一看秒懂。

搜一搜 搜索

朋友圈 文章 公众号 小程序

圈子 >

作者：李峤（645—714），字巨山。三次担任宰相。与苏味道并称“苏李”，又与苏味道、杜审言、崔融合称“文章四友”，晚年称为“文章宿老”。

斜：歪斜，倾斜。古音读xiá，新版部编教材读音为xié。

诗意：能够吹落秋天的树叶，还可以催开春天的蓓蕾。刮过江面可掀起千尺巨浪，吹进竹林能压得万竿倾斜。

附近的人

张锡 武则天时期宰相，李峤的舅舅

张说（yuè） 唐朝著名政治家、军事家、文学家，燕国公，三拜宰相，非常推崇李峤的文章

苏味道、杜审言、崔融 与李峤并称“文章四友”

武曌 武则天，李峤至高无上、日月当空的顶头上司

狄仁杰 李峤为其申冤

包仔、咕咕私聊

包仔：李峤那么强推他的诗集，到底写什么的？还签名、包邮，就差没附上他的写真了。

咕咕：据史载，李峤写了《咏物诗》十二卷，单题诗就有一百二十首，内容包罗万象，有笔墨纸砚、花鸟虫鱼，等等。他的诗辞采华美，开元名相张说也赞美他的诗作是“良金美玉”，但也有人批评他老在诗词里用各种典故，掉书袋，看着烦。

包仔：哦，咏物诗。我也会啊！他写风，我也写风。

风

呜呜呜呜呜，
哗哗哗哗哗。
飕飕飕飕飕，
呼呼呼呼呼。

99%

包仔、咕咕私聊

咕咕

你写的是什么鬼？

包仔

东南西北风的声音啊！你要有想象力！从声音联想到画面，是不是很形象啊？简直能看到每种风的性格！

咕咕

你慢慢学吧……

敲黑板喽！意象详解

东风： 古诗中的东风一般是指春风。春风温柔，带来生机，多有喜春之意，或象征当权者的恩泽。东风还有一些特殊的用法，如反衬“伤逝”之情的“小楼昨夜又东风，故国不堪回首月明中”，渲染离愁别绪的“相见时难别亦难，东风无力百花残”，寓意关键因素的“万事俱备，只欠东风”。

南风： 古诗中的南风一般是指夏风，润泽滋养，带来欣欣向荣的景象，多用于赞美或抒发愉快的心情。

西风：古诗中的西风一般是指秋风，萧瑟苍凉，多用来衬托悲凄的气氛，如寄托相思、感时伤怀等，偶尔也有表达清爽之意。

北风：古诗中的北风一般是指冬风，凛冽刺骨，冷峻无情，多用来寄寓悲苦幽怨的情怀，如表达怀乡之思、征战之苦、伤别之情等。另外，北风多猛烈，所以有时也用北风抒发心中的豪气和不屈的志向，如郑思肖的“宁可枝头抱香死，何曾吹落北风中”。

音频

拥有“东方福尔摩斯”之称的神探狄仁杰为何竟要李峤为他申冤?

《登幽州台歌》：生不逢时是我的错咯

陈子昂

外行领导内行，憋爆！生不逢时！生不逢时！

登幽州台歌

前不见古人，后不见来者。
念天地之悠悠，独怆然而涕下！

696年 · 幽州

不让谁看：武攸宜

♡ 王适，卢藏用，杜甫，白居易，韩愈，清 · 黄周星

王适：海内文宗，果不其然啊！

日月当空武曌：有才是有才，但是……

陈子昂回复日月当空武曌：陛下不用说，我懂。不管我的提议多好，总之拒绝就是了，就像我的长官武攸宜。我习惯了。

包仔回复陈子昂：我也懂！原来早在唐朝就有“十动然拒”了！

陈子昂回复包仔：这是什么新文体？

包仔回复陈子昂：十分感动然而拒绝啊。

武三思：一点小事就满腹牢骚。

杜甫：啊啊啊，我一定要去您住的地方鞠躬致敬！

白居易回复杜甫：两位才名括天地啊。

清·黄周星：胸中自有万古，眼底更无一人。

搜一搜 搜索

朋友圈 文章 公众号 小程序

圈子 >

作者：陈子昂（659 — 700），字伯玉。唐朝文学家，初唐诗文革新人物之一，有“诗骨”之称。与司马承祯、卢藏用、宋之问、王适、毕构、李白、孟浩然、王维、贺知章并称“仙宗十友”。

幽州：古十二州之一，今北京市一带。 **幽州台：**黄金台，又称蓟北楼，故址在今北京市大兴，是燕昭王为招纳天下贤士而建。

诗意：前望不见当年求贤若渴的明君，如今我也赶不上礼贤下士的贤主。想起天地悠悠无极无涯，我倍感悲凉泪如雨下。

附近的人

王适：陈子昂摔琴求名，他看了诗文后称赞陈子昂必能成为海内文宗

武则天：称赞陈子昂才华但未重用

武攸宜：武则天的侄子，陈子昂曾随其出征，多番进谏被拒

武三思：武则天的侄子，指使县令段简害死陈子昂

卢藏用：唐朝诗人，与陈子昂同列"仙宗十友"，编纂《陈伯玉文集》

包仔、咕咕私聊

包仔：咕咕，那个幽州台为什么又叫黄金台？难道整座高台是用黄金搭建的？

咕咕：天啊，包仔你试想一下，这么大一座高台，要是全用黄金搭得用多少黄金啊？其实这个黄金台是有一个故事的，给你回顾一下。

咕咕：

燕昭王：先生，我要报仇，我要伐齐兴燕，有什么好办法帮我找到人才？

包仔、咕咕私聊

郭隗

我听说古代有一个国君派他的近侍用千金买千里马，他的近侍找到千里马后，马已经死了，近侍用五百金买了马的骨头回来。那个国君就责怪他浪费金子，近侍回答说：“死的千里马尚且用五百金来买，何况活马呢？天下人一定认为国君您有寻得千里马的诚意，千里马很快就要到了。”果然，不出一年，国君买到了很多千里马。

燕昭王

有道理。

郭隗

我郭隗就是那副马骨，大王如果尊重我、任用我，那么那些比我贤良的人一定会不远千里地来为大王效力！

燕昭王

有道理。我要造一座招贤台，尊先生为师！

包仔

哦，原来这个黄金台是这么来的。

咕咕

没错。这座高台原本不叫黄金台，是因为南朝宋鲍照写了一句“岂伊白璧赐，将起黄金台”，才被后人叫作黄金台的。

包仔、咕咕私聊

包仔

我还以为真的是用黄金筑台呢。

咕咕

无论什么时候，人才都比黄金更珍贵。

音 频

从富二代混混变成初唐诗人巨匠的陈子昂

《春晓》：春意浓淡自山中品啖

全网广播：698年，武曌召李显回洛阳，命皇嗣李旦逊位，立李显为太子。705年，武曌病重，羽林军迎李显，废武曌。同年武曌卒，南周亡，李显称帝，改国号唐，唐复国。此为神龙政变。

孟浩然

昨夜好像下了一晚春雨，哎呀……

春晓

春眠不觉晓，
处处闻啼鸟。
夜来风雨声，
花落知多少。

襄阳鹿门山

孟浩然：有人问我鹿门山有什么好。一家之言不足为凭，还是让大家都说说吧。

光武帝刘秀：孤巡游此山，竟梦见山神护驾。好！

庞德公：这里的药材我视若珍宝，还能和“卧龙”诸葛孔明、“凤雏”庞士元、“水镜”司马德操时常欢聚。好！

张子容：这里的山民热情好客。好！

李太白：孟夫子的诗我都喜欢，尤其喜欢这首《春晓》！托孟夫子的福，我才有机会领略到鹿门山的幽静秀美！好！能结识心目中的大神，更是好！

唐·皮日休：我自号鹿门子，鹿门之子。你说好不好？

宋·曾巩：我一直想游览鹿门山，可惜未能如愿，唯有写下《游鹿门不果》：“不踏苏岭石，虚作襄阳行。”这是越得不到越想得到的好！

清·黄叔灿：诗到自然，无迹可循。我只知道，诗好！

< 搜一搜 搜索

朋友圈 文章 公众号 小程序

圈子 >

作者：孟浩然（689—740），名浩，字浩然。襄州襄阳人，盛唐著名山水田园派诗人，世称“孟襄阳”。因未曾入仕，又称“孟山人”。

鹿门山：原名苏岭山，在襄阳城东南约十五公里处。曾有众多圣人、名士在此山隐居。

诗意：春夜贪睡连天亮了也不知道，醒来只听见到处有鸟儿啼叫。想起昨夜的阵阵风声雨声，不知芳香的春花被打落了多少。

附近的人

刘秀	汉光武帝，东汉开国皇帝，曾在鹿门山巡游
庞德公	东汉末年名士，在鹿门山采药而终
皮日休	晚唐著名文学家，曾在鹿门山闭关学习
曾巩	“唐宋八大家”之一，曾欲游览鹿门山，可惜缘悭一面
张子容	孟浩然挚友，与其同隐鹿门山，有众多诗作唱酬
黄叔灿	清朝学者，在其著作《唐诗笺注》中高度评价孟浩然

隐居经验分享群（26人）

包仔

外面那么好玩，为什么那么多人喜欢在山上隐居呀？

庞德公〔东汉〕

世人不懂山中宝啊。我采药终老，不知救了多少人。

诸葛亮〔三国〕

只为等待最合适的时机。

陶渊明〔东晋〕

官场上的人事都看不顺眼，还不如眼不见耳不闻心不烦，爱干吗干吗。

卢藏用〔唐〕

看看我的名字你就明白了。好东西要先藏着才显得更有价值。我在终南山隐一隐就马上身价百倍，被皇上封为左拾遗。

隐居经验分享群（26人）

司马承祯〔唐〕

@卢藏用〔唐〕 我叫你去终南山静修，你却去找做官的捷径。

孟浩然〔唐〕

环境清幽让人心旷神怡，读起书来更能专心致志。

李太白〔唐〕

@司马承祯〔唐〕 子微见笑，我也试过借道“终南捷径”。也许有不少人觉得这不是正道，但像我家从商这种贱类出身的根本不能考科举，报国无门，什么方法都要试试。事实证明，不是隐居就能自抬身价，对我来说，此路不通。

王维〔唐〕

我也想有拂袖而去的潇洒，但心中始终放不下。唯有半仕半隐，偶尔给自己放个假。

《过故人庄》：最是惬意农家乐

全网广播：710年，李显（唐中宗）之女安乐公主与韦皇后合谋毒死李显，子李重茂嗣位（是为唐殇帝，仅在位17天），韦后临朝，以韦氏兄弟掌权。李旦与子李隆基起兵攻皇宫，斩韦后、安乐公主等人，武则天之女太平公主令李重茂让位于李旦（唐睿宗）。

孟浩然

串门去咯！

过故人庄

故人具鸡黍，邀我至田家。
绿树村边合，青山郭外斜。
开轩面场圃，把酒话桑麻。
待到重阳日，还来就菊花。

襄阳鹿门山

孟父：你一天天地在山上混日子，睡懒觉就说是春困，吃吃喝喝又说是盛情难却！你什么时候才肯去考科举？你真是枉为孟子的后人！

孟浩然回复**孟父**：如今朝廷乌烟瘴气，我才不做帮凶呢！

张柬之：你满腹才学，可不要因为我的身死而误了自己的前程啊！

孟浩然回复**张柬之**：您是推翻武周复兴唐朝的大功臣，若不是朝廷昏庸又怎会害您冤死异乡？

孟父：没人叫你同流合污，你可以破旧立新啊！

孟浩然回复**孟父**：文不为仕！我读书、写文章不是为了当官！说了不考就不考！

韩襄客：夫君别动气，待我为你唱一曲舒舒心吧。

孟父回复**韩襄客**：呸！就是你这个出身卑贱的歌姬膨胀了我儿子的任性！你休想进我孟家门，你生的孩子不论男女也休想入我孟家族谱！

孟浩然回复**孟父**：我们不需要你承认！

< 搜一搜 搜索

朋友圈 文章 公众号 小程序

圈子 >

具：准备，置办。 **黍（shǔ）**：黄米，古代认为是上等的粮食。 **合**：环绕。 **郭**：古代城墙有内外两重，内为城，外为郭。这里指村庄的外墙。 **轩**：窗户。 **场**：打谷场、稻场。 **圃**：菜园。 **重阳日**：农历九月初九，古人在这一天有登高、饮菊花酒的风俗。 **还（huán）**：返，来。 **就菊花**：就，靠近，去做某事。就菊花既可指赏菊，也有喝菊花酒的意思。

诗意：老朋友准备了丰盛的饭菜，邀请我到他田舍做客。翠绿的树林

孟浩然

围绕着村落，苍翠的山峦在村外斜卧。推开窗户面对谷场菜园，共饮美酒，闲谈农务。等九九重阳节到来时，我还要来这里赏菊花、饮菊酒。

附近的人

韩襄客　据说是孟浩然妻子，因其歌姬身份不被孟父接纳

孟父　拒不接纳韩襄客

张柬之　字孟将，唐朝名相、诗人，孟浩然同乡，神龙政变后被流放，气郁身亡

音频

包仔：看来孟浩然不当官的想法真的很坚决哦。

咕咕：但他后来却自食其言，为了当官到处奔波。

想知道是什么改变了他，就扫码听音频吧。

《凉州词（其一）》：不醉不归，战死方休

全网广播：712年，李旦（唐睿宗）传位于子李隆基（是为唐玄宗），自为太上皇。713年，李隆基镇压了太平公主发起的先天政变，太平公主自杀。

王翰

我觉得我应该是葡萄酒的代言人。

凉州词（其一）

葡萄美酒夜光杯，欲饮琵琶马上催。
醉卧沙场君莫笑，古来征战几人回？

♡ 张嘉贞，张说，李邕，祖咏，杜华，杜门崔氏

张嘉贞：子羽，你什么时候再为我写乐词、配歌舞啊？

张说回复张嘉贞：我也特别喜欢王翰的诗文，真如琼林玉枝啊。

李邕回复张说：子羽定我们是海内文士的第一等，我实在不敢当啊。

杜门崔氏：如果我儿子能和你做邻居就好了。

清·沈德潜：故作豪饮旷达之词，而悲感已极。

清·施补华：作悲伤语读便浅，作谐谑语读便妙。

包仔：喝葡萄酒要用夜光杯，《笑傲江湖》的令狐冲是不是在这首诗里学到的？

咕咕 回复**包仔**：你连看电视也不专心！教令狐冲用夜光杯的是祖千秋，或者说，是作者金庸爷爷。

包仔 回复**咕咕**：那可能金庸爷爷就是从这首诗学来的呢。嗯，我觉得是！

搜一搜 搜索

朋友圈 文章 公众号 小程序

圈子 >

作者：王翰（687—726），字子羽。唐朝边塞诗人。

凉州词：唐朝曲名，起源于凉州（今甘肃武威）一带。 **夜光杯**：用白玉制成的酒杯，光可照明，这里指华贵而精美的酒杯。 **沙场**：战场。

诗意：精美的夜光杯中盛满了甘醇的葡萄美酒，正要举杯畅饮，却听到马上琵琶声声响起，仿佛催人出征（另有一种解释是歌伎们弹奏起急促欢快的琵琶声助兴催饮）。尽情喝吧，即使醉倒在战场上又何妨？大丈夫出征为国效力，本来就没打算活着回来。

附近的人

张嘉贞 唐朝开元名相，非常看重王翰，王翰常为其撰写乐词并自唱自舞

张说 唐朝名相，曾荐引王翰入朝做官

李邕 唐朝大臣、书法家，王翰曾把海内文士百余人分为九等，把张说、李邕和自己排在第一等

祖咏、杜华 二人都是唐朝文士，与王翰是好友

杜门崔氏 杜华的母亲

包仔、咕咕私聊

包仔：咕咕，我记得语文书上有很多首《凉州词》。

咕咕：没错。《凉州词》又叫《凉州曲》，是凉州地区一种曲的唱词，旋律是定的，但唱词可以改，所以有很多人给这曲填过词，比如王翰、王之涣、孟浩然、张籍、陆游等大诗人。

包仔：哇，原来这么多人写过！我觉得王翰这首很豪气啊。

咕咕：当然了，王翰这个人性格豪爽，不拘小节，对朋友好得没话说，诗如其人啊，但就是过于张扬，容易得罪人。

包仔、咕咕私聊

包仔

啊？怎么个张扬法？

咕咕

张说当了宰相后提拔了王翰，王翰就认识了一大帮文人。他就是个很会搞事情的人，所以就搞了个海内文士排行榜，还要分九个等级，把张说、李邕和自己排在第一等，把一些很有名的人排在自己后面。本来内部搞搞就算了，他还要贴在大街上，你说遭人恨不？

包仔

咕咕

所以张说被贬后，王翰也被踢到其他地方了，但他一点都不在意，反正家里有钱，而且不是一般的有钱，继续天天请客、喝酒、看堂会。

包仔

咕咕

王翰有个好朋友叫杜华。杜华的妈妈崔氏跟儿子说，以前孟母三迁是为了找个好邻居给儿子一个好环境，你现在能成为王翰的朋友和邻居，我就心满意足了。多高的评价啊！

包仔、咕咕私聊

包仔

我也想有个又有钱又大方又有才华的邻居好朋友啊。

咕咕

你已经有我啦！

敲黑板喽！意象详解

胡乐： 古代指西北方及北方民族和西域各地的音乐。这种音乐多由当地的乐器演奏。胡乐一般出现在边塞诗中，因为它是将士们在边塞生活中的消遣或用于催战、助威，又因为胡乐的乐声大多悠远、空灵、哀切，所以诗人常用胡乐来渲染肃杀、苍凉或悲壮的气氛，烘托行军、征战的生活氛围，表达将士思乡之情、报国之志，而音色铿锵的胡乐则用来展现大军的气势或战事的激烈。

诗词中经常会出现各种乐器。这首诗中的琵琶，就是从中亚地区传入的曲项琵琶，当时称作“胡琵琶”。现代的琵琶就是由这种曲项琵琶演变发展而来的。

如何区分中国古代的乐器是本土的还是由外域传入再改良发展的呢？有一个简单的方法。一般来说，一个字的乐器多是本土的，如琴、瑟、笙、箫、笛、钟、鼓等，而两个字或以上的多半是外域传来再改良的，如琵琶、箜篌、羌笛、胡笳等。

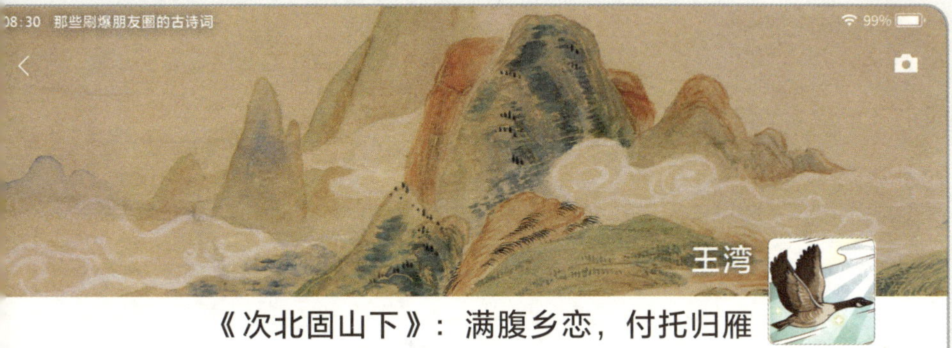

《次北固山下》：满腹乡恋，付托归雁

王湾

家乡，好吗？

次北固山下

客路青山外，行舟绿水前。
潮平两岸阔，风正一帆悬。
海日生残夜，江春入旧年。
乡书何处达？归雁洛阳边。

♡ 张说，萧嵩，裴光庭，殷璠，贺知章，王翰，唐·郑谷，宋·辛弃疾，明·胡应麟

张说：好诗！我要亲自摘抄一遍再悬挂于政事堂上，让文人学士都来学习。

殷璠：“海日生残夜，江春入旧年”，诗人以来少有此句。

唐·郑谷：“海日生残夜”，一句能令万古传。

宋 · 辛弃疾：真是“满眼风光北固楼”啊！

明 · 胡应麟：“海日生残夜，江春入旧年”，真是区别盛唐与初唐、中唐诗界限的标志。

搜一搜 搜索

朋友圈 文章 公众号 小程序

圈子 >

作者：王湾（693 — 751），号为德。唐朝诗人。

次：旅途中暂时停宿，这里是停泊的意思。 **海日：**海上的旭日。

乡书：家信。 **青山：**指北固山。镇江三山名胜之一，远眺北固，山势险固，因此得名北固山。三国时“甘露寺刘备招亲”的故事就发生在这里。北固山是凭古怀人的好地方，不少大诗人、大词客在这里留下了怀古佳作，如王湾、刘禹锡、李涉，还有辛弃疾著名的《永遇乐 · 京口北固亭怀古》和《南乡子 · 登京口北固亭有怀》。

诗意：路经葱郁的北固山下，船儿在清澈碧绿的江水里前行。潮水上涨，两岸与江水相平，显得十分开阔；顺风行船，船帆高高悬起。夜色尚未退尽，旭日已在江上冉冉升起；还在旧年时分，江南已有了春天的气息。给家乡捎的书信要怎样才能转达呢？北归的大雁啊，请为我带到洛阳去吧。

附近的人

张说 唐朝名相，非常推崇王湾的文章

萧嵩、裴光庭 皆曾任宰相，王湾曾赠诗与二人

王翰、贺知章 唐朝诗人，与王湾是好友

殷璠 唐朝文学家、诗选家，曾编《河岳英灵集》，收录张说手题王湾诗于政事堂一事

郑谷 唐末著名诗人，高度评价王湾

辛弃疾 南宋词人、将领，与王湾同在北固山留诗

胡应麟 明朝著名学者、诗人、批评家、诗论家，著有《诗薮》，高度评价王湾

包仔、咕咕私聊

包仔

咕咕，我发现那个张说在很多人的朋友圈都打了卡。

咕咕

很奇怪吗？诗人的朋友圈大都相通的。

包仔

但是在我印象中，这个张说没写过什么很出名的诗啊。

包仔、咕咕私聊

咕咕

他写过很多好诗，只是没被选入教科书而已。但他最出色的是写文章，他与许国公苏颋齐名，号称“燕许大手笔”呢。你要是有兴趣，就在系统里搜搜吧。

包仔

原来他这么厉害！

咕咕

何止啊！之所以这么多诗人的朋友圈都有他，是因为他三度拜相，执掌文坛三十年，提拔了不少人才，被称为开元前期一代文宗。要做文宗可不容易啊，不仅要文坛地位高，还必须提携后进，影响一代文坛之风。

包仔

那他提拔了什么人？

咕咕

太多了！王湾就是其中之一啊。张说把王湾这首诗挂在办公室的中堂之上，见人就推荐；还有写出“葡萄美酒夜光杯”的王翰，也是得到张说的赏识才入朝为官的。

包仔

果然是伯乐啊！

包仔、咕咕私聊

咕咕

还有更厉害的呢。他后来还提拔了两个人：一个是张九龄，一个是贺知章。这两个人恨不得把天下人才都举荐上去，这伯乐的火炬在一传一接中就串起了盛唐时期的“人才链”。怀才的人如果不想被埋没应该怎么破？写信、献诗给他们啊，他们一眼就能看出你有没有料了。

包仔

敲黑板喽！意象详解

雁：借往返飞雁抒发离思。大雁每年秋天飞往南方，春天飞往北方。游子看见便引起他们的羁旅伤感，妇人看见了便勾起了对夫君的思念。所以，雁成了离别和思念的代称。

将雁和家书、传信等连在一起，叫雁书。据说汉苏武出使匈奴被流放牧羊，十年不放归。后来有人设计让汉使对匈奴单于说，汉朝皇帝打猎射得一雁，雁足上绑有书信，叙说苏武在某个沼泽地带牧羊。单于听后，唯有放苏武归汉。后来，人们就用鸿雁比喻书信和传递书信的人。

孤雁、单雁表示孤寂凄苦。大雁总是成群结队而飞，一旦落单便成失群孤雁。孤雁是极可怜的，不饮不啄，只是一直飞着叫着。

以塞外雁、长空雁等抒发豪情壮志，因大雁善飞，极其豪迈。

《九月九日忆山东兄弟》：每逢佳节倍思亲

朋友的新动态

王维

兄弟，大哥想你们啊！

九月九日忆山东兄弟

独在异乡为异客，
每逢佳节倍思亲。
遥知兄弟登高处，
遍插茱萸少一人。

♡ 王缙，王縪，王纮，王紞，祖自虚，李范

王缙：大哥，辛苦你了！为了我们，十五岁就去求功名。

王维回复王缙：父亲早逝，长兄为父，应该的。家中弟妹还小，你要帮助母亲，多多照顾他们。

王缙回复王维：大哥放心。

祖自虚：摩诘天纵高才，必有伯乐赏识，到时候把家人接来就是，不必分居两地。

李范：如此才华，来长安怎么不直接来找我，去那个终南山干什么？

王维回复李范：多谢厚爱，不日必定拜访。

搜一搜 搜索

朋友圈 文章 公众号 小程序

圈子 >

作者：王维（699或701—761），字摩诘，号摩诘居士。唐朝著名诗人、画家。

九月九日：重阳节。古以九为阳数，故名重阳。 **山东**：王维家在蒲州（今山西），在函谷关与华山以东，所以称山东，并非现在的山东。 **登高**：古有重阳节登高的风俗。 **茱萸**：一种植物，古人认为重阳节插戴茱萸可以避灾克邪。

诗意：我独自在他乡作客，每逢节庆总会加倍思念亲人。遥想老家兄弟们今日头插茱萸登高望远之时，会发现唯独少了我一人吧。

附近的人

王缙、王繟、王纮、王紞 四人都是王维的弟弟，其中王缙与王维感情最好。

附近的人

祖自虚	王维好友，想以隐求仕，与王维结伴归隐于终南山
李范	唐睿宗李旦第四子，岐王，赏识王维，待为上宾

重阳佳节吃喝玩乐群（500）

包仔：各位老师，重阳节有什么好玩的呀？

王维：你看我的诗就知道了，插茱萸啊。

杜牧：还有簪菊花。正所谓“尘世难逢开口笑，菊花须插满头归”。

包仔：这比较像是女生做的事…… 我可不想在头上戴这些。

杜甫：重阳佳节，少不了登高望远，看那“无边落木萧萧下，不尽长江滚滚来”。

苏轼：佳节怎能无酒？正所谓“白酒新开九酝，黄花已过重阳”。

杜牧：要的要的，但将酩酊酬佳节啊。

重阳佳节吃喝玩乐群（500）

王勃

“九月九日望乡台，他席他乡送客杯。”但求一醉啊。

孟浩然

“何当载酒来，共醉重阳节。”@王维　摩诘，来一杯！

李白

@孟浩然　孟夫子，来来来！“九日龙山饮，黄花笑逐臣。”

白居易

“自从九月持斋戒，不醉重阳十五年。”各位你们先，我跟上。

李清照

“东篱把酒黄昏后，有暗香盈袖。”牛饮有什么意思？无人与我细品啊！

包仔

在诗人群里，一聊酒就刷屏……

咕咕

等我来带偏话题。我们还可以放纸鸢、吃重阳糕哦。@所有人　各位大诗人，可知道如今的重阳节有了一个什么别称？

李白

豪饮节？

重阳佳节吃喝玩乐群（500）

苏轼：醉花节？

包仔：是敬老节。

咕咕：以此倡导尊老、敬老、爱老、助老的社会风气。

王维：这个好！

《鸟鸣涧》：心静景幽，解忧消愁

王维

什么京城美景都不如这优美的山中夜色令人愁绪尽消。

鸟鸣涧

人闲桂花落，
夜静春山空。
月出惊山鸟，
时鸣春涧中。

绍兴五云溪

@ 提醒谁看：皇甫岳

♡ 李持盈，李范，李业，李宪，孟浩然，皇甫岳，裴迪，李龟年

李持盈：好久没听《郁轮袍》了。

李范回复李持盈：是啊，我也好久没听了，要不找机会叫摩诘回来？

李宪：摩诘的诗还是那么出色。

王维回复李宪：马马虎虎吧，跟"莫以今时宠，难忘旧日恩。看花满眼泪，不共楚王言"这首差不多。

李宪回复王维：事情都过去这么久了，摩诘还在取笑我。

李隆基：哼哼。

皇甫岳：多谢摩诘的五首诗！我的别墅还住得舒服吧？

王维回复皇甫岳：甚好，以后我也要学你营建别墅，修身养性。

明·胡应麟：摩诘诗入禅宗，令人读来身世两忘，万念俱寂。

搜一搜 搜索

朋友圈 文章 公众号 小程序

圈子 >

时：偶尔。

诗意：山谷寂无人声，只有桂花飘落，沐浴在夜色中的青山更显空寂。月亮升起，惊动了山鸟的休憩；鸟儿清脆的鸣叫，不时回荡于山林水涧。

附近的人

李持盈 玉真公主，欣赏王维的才华并举荐了他

李业 唐睿宗李旦第五子，薛王，欣赏王维，常邀王维来做客

王维

附近的人

李宪　唐睿宗李旦嫡长子，唐玄宗李隆基长兄，宁王，欣赏王维，曾因霸占卖饼人老婆而被王维写《息夫人》讥讽

孟浩然　王维好友，两人并称“王孟”，为盛唐山水诗人的代表

皇甫岳　王维好友，王维寓居其云溪别墅，并赠诗五首，《鸟鸣涧》是其中一首

裴迪　王维最好的朋友

李龟年　唐朝著名音乐家，王维好友

胡应麟　明朝学者，非常推崇王维

包仔、咕咕私聊

包仔

哇，给王维点赞的不是王侯就是公主哦！

咕咕

是啊，王维精通诗、书、画、音乐，很得王侯贵族的赏识！想当年，他怀抱琵琶演奏了一曲《郁轮袍》就征服了玉真公主。传说，这是岐王李范为王维一手操办的极为成功的营销案例，王维甚至因此事挤掉了张九龄弟弟张九皋的状元之位。这个故事，我在音频里再跟你细说。（请扫描《出版前言》中的二维码收听。）

包仔

王维那么有才华，还有贵人帮忙，人生一定像开挂一样吧？

包仔、咕咕私聊

咕咕

你错了。好比这首诗吧，正是他被贬官期间写的。

包仔

为什么被贬呀？

咕咕

所谓细节决定成败啊。当年王维担任太乐丞，负责宫廷宴乐舞蹈的排练。有一次，在彩排《五方狮子舞》的时候，他去看了伶人舞黄狮子，结果就被举报了。

包仔

彩排当然要看啊，排不好要挨批的。

咕咕

这你就不懂了。“黄”与“皇”谐音，意味至尊。古代只有皇上到场的时候才可以舞黄狮子呢。就因为这件事，王维被贬去守仓库了。

包仔

一定要皇上在？那要是皇上不批准，就不能穿黄衣、吃香蕉、打蛋黄咯？

咕咕

你的思维也太跳跃了。不过，还有一种说法是，王维的问题在于他和岐王、宁王、薛王的关系太好了。虽然唐玄宗李隆基对兄弟们都不错，但古代能当上皇帝的，哪个在这方面不敏感、猜疑心不重呢？王维是犯忌讳了。

敲黑板喽！意象详解

山水：山、水依傍，构成一个清幽、宁静的审美意境，诗人常以山水赞美大自然，表达心胸的豁达超脱、志向的高远不俗；或寄情山水以获得心灵的慰藉，解开心中的郁结；或用来反衬尘俗的污浊混乱。

王昌龄

《出塞（其一）》：家国边关不容进犯

全网广播：722年，唐改府兵制为募兵制，兵农从此分。725年，李隆基封禅泰山。

王昌龄

昔有强汉，今有我巍巍大唐。

出塞（其一）

秦时明月汉时关，
万里长征人未还。
但使龙城飞将在，
不教胡马度阴山。

♡ 王之涣，高适，岑参，明·李攀龙，明·杨慎

王之涣：塞外苍茫，正是我等建功立业之地。

高适：老哥，服气！

岑参：前辈，我要学你！

飞将军李广：被点名了。

卫青回复飞将军李广：你确定说的是你？

咕咕：楼上两位大将军，我建议开个辩论群。
明·李攀龙：绝了，此乃唐人七绝的压卷之作。
明·杨慎：此诗可入神品！此乃唐人绝句第一！

搜一搜 搜索

朋友圈 文章 公众号 小程序

圈子 >

作者：王昌龄（698—757），字少伯。唐朝大臣，著名边塞诗人。

秦时明月汉时关：此句所说的明月和关都是秦汉时期的，而不是单指秦时的明月和汉时的边关，这里用了互文的修辞手法。

阴山：位于内蒙古中部，是中国北方的屏障。

诗意：从秦汉以来的明月一直照耀着边关，出征的士卒离家万里始终未能回还。如果还有卫青李广这样的将军在，一定不会让敌人战马的铁蹄跨过阴山。

附近的人

王之涣、高适、岑参　三人与王昌龄是好友，并称为边塞四诗人（注：王昌龄写此诗时，岑参还年少，高适尚在中原游历）

李攀龙　明朝著名文学家，“后七子”之领袖人物，高度评价王昌龄

附近的人

杨慎 明朝著名文学家、官员，明朝“三才子”之首，高度评价王昌龄

龙城飞将辩论群（6）

咕咕

喀喀，敲黑板！龙城飞将究竟是谁，请双方辩手卫青、李广发言。

飞将军李广

还用辩吗？本将被称为飞将军，乃天水人，天水是伏羲、女娲、轩辕故里，自古有龙城之名，地点加称号，龙城飞将毫无疑问就是在下。

汉大司马大将军卫青

我不是否定李将军的大名，但是这个龙城，应该是指匈奴单于的王庭龙城。世人都知道，奇袭龙城的正是在下。龙城飞将，舍我其谁呢？

飞将军李广

本将镇守北疆，历任上谷郡、右北平郡、代郡、雁门郡、云中郡等地太守，都位于阴山一线，匈奴不能越雷池半步，正是“不教胡马度阴山”。

汉大司马大将军卫青

本帅七战七捷，打得漠南无王庭，让匈奴闻风丧胆，不敢再踏足阴山之南，这才是“不教胡马度阴山”。

龙城飞将辩论群（6）

飞将军李广

后人都说“冯唐易老，李广难封”。我连侯都没封，就这后世的一个称谓你还要跟我争？

汉武帝刘彻

@飞将军李广  朕按规矩办事，你军功不够怎么封你？谁叫你在漠北之战迷路的？

汉大司马大将军卫青

陛下息怒，飞将军不是这个意思。

包仔

@诗家夫子王昌龄 王伯伯，还是你来说吧，究竟这个龙城飞将是指谁啊？

诗家夫子王昌龄

据说，这两种说法都有人支持，还有人说是这两位将军的并称，龙城指卫将军，飞将指李将军。在我看来，我大唐边患猖獗，若有像他们那么优秀的将帅当关就好了！所以，“龙城飞将”到底是指谁，又有什么所谓呢？

包仔

但是我考试的时候应该怎么回答啊？

诗家夫子王昌龄

想拿分当然要用教科书上的答案，但你心里可存有疑问，然后认真地考证。尽信书，不如无书。

敲黑板喽！意象详解

关隘： 指在交通要道设立的防务设施，又称关口、关卡。古代著名的关隘有玉门关、雁门关、潼关、阳关、虎牢关等。

玉门关、阳关是唐代诗人提及较多的关隘，两关为西域之门户，也是重要的军事关隘，因此诗中的关隘多用于表达征戍战士对家乡亲人的想念、思妇对征人回归的期待；同时，关隘亦是赫赫战功的象征符号，成为大批文人弃笔从戎，渴望建功立业的标志。

王昌龄

《从军行（其四）》：大唐血性男儿的报国情怀

朋友的新动态

王昌龄

谁敢黄沙立马，唯我大唐男儿！！！

从军行（其四）

青海长云暗雪山，孤城遥望玉门关。
黄沙百战穿金甲，不破楼兰终不还。

♡ 王之涣，高适，岑参

高适：老哥，塞外风光真的如此壮丽？

王昌龄回复高适：确实如此，你有机会也来看看。

岑参：前辈几首塞外诗真是气象万千，转了转了。

王昌龄回复岑参：自己试写，你也可以。

王之涣：我叹春风不度，你却豪气干云遥望玉门，还是老哥气势好。

王昌龄：一位青年人，一位少年郎，都有如此壮志，我等拭目以待。

王之涣回复王昌龄：不错，以后当与我等同列。

搜一搜 搜索

朋友圈 文章 公众号 小程序

圈子 >

从军行：乐府旧题，内容多写征战之事。 **青海**：指青海湖，在今青海省。 **雪山**：指祁连山，山巅终年积雪。 **孤城**：玉门关。玉门关是汉置边关名，在今甘肃敦煌西。一作“雁门关”。 **楼兰**：汉时西域国名，即鄯善国。西汉时楼兰国王与匈奴勾通，屡次杀害汉朝通西域的使臣。此处泛指唐西北地区常常侵扰边境的周边地域政权。

诗意：青海湖上蒸腾而起的漫漫云雾遮得连绵雪山一片暗淡，边塞古城远隔千里遥望玉门雄关。黄沙万里，塞外的频繁征战磨穿了守边将士身上的铠甲，但他们壮志不灭，不打败侵犯之敌誓不回还。

誓破楼兰群（77）

包仔

各位大诗人，你们真的那么讨厌楼兰啊！

誓破楼兰群（77）

谪仙李太白

对极了！“愿将腰下剑，直为斩楼兰。”

风继续吹岑参

“前年斩楼兰，去岁平月支。”

流浪的杜甫

“属国归何晚，楼兰斩未还。”

我要北伐辛弃疾

虽然我不是你们唐朝的，但我也凑凑热闹。“未须携去斩楼兰。”

包仔

好吧好吧，总之斩就对了。但是，为什么呢？

诗家夫子王昌龄

小弟弟，我们唐朝可没有楼兰国哦，楼兰是汉朝的事。

谪仙李太白

想当初那个楼兰国居然首鼠两端，在匈奴和大汉之间摇摆不定，还杀死汉朝前往大宛的使臣，大汉当然不能忍，最后平定了楼兰。

风继续吹岑参

对头，我等生于大唐盛世，可比大汉，自当威震西域！所以在我们的诗里，自然多以楼兰指代边境外敌，用斩楼兰、破楼兰来表明我们要建功立业的志向。

誓破楼兰群（77）

流浪的杜甫

可惜啊！你看在安史之乱后的那批小朋友，又有谁说要破楼兰了？国家不幸，说起就心疼！

我要北伐辛弃疾

我大宋后来偏安一隅，我等有志之士无不期盼北伐，复汉唐之风，所以也要用这个典故来鼓舞士气。可惜到最后也就是说说而已，我简直要吐血！

音 频

被誉为“七绝圣手”的王昌龄为何选择出塞呢?

《渡荆门送别》：大鹏羽翼丰满，要飞了

李白

准备好了，出去耍了！家在身后，情系心里！

渡荆门送别

渡远荆门外，来从楚国游。
山随平野尽，江入大荒流。
月下飞天镜，云生结海楼。
仍怜故乡水，万里送行舟。

724年 · 湖北宜都荆门

♡ 李客，李母，李月圆，吴指南，杜甫

李客：资助你三十万金！

李母：出门在外，收收你的脾气。

李白回复李母：娘放心，我有钱，我有才，我有剑。

李母回复李白：这才吓人！

吴指南：我要跟你闯荡。

杜甫：太白兄，我后来写了“星垂平野阔，月涌大江流”，向您致敬！

明·胡应麟回复**杜甫**：你这句更有力量。

清·俞陛云：太白天才超绝，用笔若风樯阵马，一片神行。

清·高步瀛：语言倜傥，太白本色。

六 搜一搜 搜索

朋友圈 文章 公众号 小程序

圈子 >

作者：李白（701—762），字太白，号青莲居士，又号谪仙人。盛唐伟大的浪漫主义诗人，有“诗仙”美誉，与杜甫并称“李杜”。

荆门：荆门山，位于古时楚蜀交界处。 **楚国**：楚地，春秋战国时期的楚国疆域，即长江中下游一带，包括湖北、湖南，部分河南、安徽、江苏等地。

诗意：我乘舟来到遥远的荆门外，打算在楚国故地游览一番。三峡两岸雄奇陡峭的高山隐没于平坦的原野，长江也似是流进了辽阔的莽原。水中月影就像是从天上飞来的明镜，云霞变幻成绮丽的海市蜃楼。虽然眼前美景令人叹为观止，但我仍然牵挂着故乡的滔滔江水，是她一直奔流不息，送我万里远行。

附近的人

李客：李白的父亲

李母：李白的母亲

李月圆：李白的妹妹

吴指南：李白在蜀中的好友

杜甫：李白的粉丝

胡应麟：明朝学者，认为杜甫的仿句更优秀

俞陛云：清光绪二十四年（1898）探花，著有《诗境浅说》，高度评价李白

高步瀛：清光绪二十年（1894）举人，著有《唐宋诗举要》，高度评价李白

敲黑板喽！意象详解

舟、船或帆：大唐国力强盛，版图辽阔，文人大多积极进取，漫游与干谒（为达到某种目的而求见显达的人）成为时代风气，在宦海中沉浮的官员也经常因公务、调遣等到处奔波，船是当时非常重要的交通工具之一。因此，根据不同的出行目的，船也承载了不同的意象。

最普遍的意象就是远行，表示离别，如李白这首《渡荆门送别》。

为了开阔视野的漫游，往往寄托着某种期待和向往，象征着理想、自由。

漫无目的的远游、遭遇贬谪的奔波，则带有漂泊、孤寂、落寞的意味，也往往隐喻人生的沉浮不定。

根据与舟、船、帆相连的定语，也可判断诗人所表达的心情，如孤帆表示孤独，轻舟表达心情的宽畅等。

《夜宿山寺》：手可揽星月，声恐惊仙人

李白

谁能比我离仙人更近？

夜宿山寺

危楼高百尺，手可摘星辰。
不敢高声语，恐惊天上人。

725年 · 湖北黄梅江心寺

♡ 司马承祯，李客，李母，李月圆

司马承祯：果然是有仙根的人。

李白回复司马承祯：唯稀有之鸟懂大鹏。您懂我！

李客：儿子被大人物称赞了！

李母：在庙宇里可别失礼！

李月圆：哥，一去玩就忘了我呀？诗中怎么可以只有星没有月呢？

李白回复李月圆：以后一定多写月。

搜一搜 搜索

朋友圈 文章 公众号 小程序

圈子

危楼：高楼，此处指山顶的寺庙。 **百尺：**虚指，不是实数，这里形容楼很高。

诗意：山上寺庙的高楼真的很高啊，人在楼上似乎伸手就能摘到星星。我可不敢高声说话了，怕惊动了天上的神仙。

附近的人

司马承祯 道教宗师，与李白惺惺相惜

包仔、咕咕私聊

包仔

有仙根？司马承祯这赞法还挺小众的

包仔、咕咕私聊

咕咕

司马承祯是道教上清派茅山宗第十二代宗师。道教在唐朝的地位是很高的，一来，因为道士王知远当年两次选边都站对了——灭隋时，他支持李唐开国皇帝李渊，后来又支持了李世民；二来，李渊为了抬高李氏家族的地位，说自家是老子李耳的亲戚，而老子就是道教创始人太上老君的化身，这等于认了太上老君做祖先了。

包仔

这么说，皇帝也很尊重司马承祯咯？

咕咕

当然了！唐玄宗也要听司马承祯讲课，特意为他在河南王屋山建造了阳台观，还让自己妹妹玉真公主拜司马承祯为师。

包仔

哇！难怪司马承祯赞一句，李白就那么高兴！

咕咕

嗯嗯。725年，李白在江陵拜访司马承祯，老宗师见李白器宇轩昂，再看了李白的文章，就说李白仙风道骨，可与他一起神游宇宙，一下就把李白拉为同道中人了。所以李白就写了第一篇名满天下的《大鹏遇稀有鸟赋》，说他们是同类，你懂我我懂你，惺惺相惜。后来，司马承祯朋友圈里的玉真公主和贺知章，还成了李白最大的贵人呢！

敲黑板喽！意象详解

星辰：指自然景象中的星星，代表温暖、正义、光明、真理、希望等。

由于天文历法的关系，中国古代常常用星星表示时辰、地域、方向和季节时令等，如二十八星宿对应九州。

由于玄学和神话传说的影响，不少星辰被人性化、神化或妖魔化，主权、主贵、主凶、主刑、主杀、主福禄寿、主桃花……如紫微星，即北极星，代表君王；太白金星主杀伐，在古代诗文中多用来比喻兵戎；牛郎织女星代表美好的爱情、分离的痛苦等。

星星也可表示头发斑白，如鬓白如星。

《望庐山瀑布》：堪比银河落天的恢宏胜景

朋友的新动态  >

李白

祖国的大好河山啊，都会有我李太白的足迹！

望庐山瀑布

日照香炉生紫烟，
遥看瀑布挂前川。
飞流直下三千尺，
疑是银河落九天。

江西庐山

♡ 孟浩然，宗煜，宋·苏轼，明·杨慎，

孟浩然：写得真好！必须补赞！

李白**回复**孟浩然：孟夫子来了！太白不才，和孟夫子差太远了！

宗煜：原来夫君那么早就看上这里了。那我就陪夫君在你最喜爱的屏风叠建个草堂，一起赏景、读书和修道吧。

徐凝：我不服！看我写的《庐山瀑布》：虚空落泉千仞直，雷奔入江不暂息。千古长如白练飞，一条界破青山色。

宋·苏轼：帝遣银河一派垂，古来唯有谪仙词。飞流溅沫知多少，不与徐凝洗恶诗。古往今来也就谪仙人李太白写庐山胜景写得最好了！不管飞瀑溅起了多少水花，也懒得洗白徐凝那首拙劣的诗。

明·杨慎：李太白为古今诗圣。

清·宋宗元：没有亲历其境是写不出来的。

< **搜一搜** 搜索

朋友圈 文章 公众号 小程序

圈子 >

三千尺：虚指，形容瀑布很高。 **九天**：古人认为天有九重，九天是天的最高层。

诗意：香炉峰在阳光照射下生起紫色烟云，远远看见瀑布如白绢悬挂在山前。高崖上直泻急下几千尺的瀑布啊，让人恍惚以为是银河从天上倾落到人间。

< **附近的人**

孟浩然 李白的偶像

宗煊 李白最后一任续妻，为避安史之乱陪李白在庐山隐居

附近的人

徐凝　中唐诗人，因与李白题材相撞被比较

苏轼　北宋著名文学家，“唐宋八大家”之一，非常推崇李白

杨慎　明朝学者，“三才子”之首，非常推崇李白

宋宗元　清乾隆三年（1738）举人，非常推崇李白

庐山打卡斗炫群（500）

咕咕

在庐山打卡的诗词歌赋超过四千首呢！

司马迁〔汉〕

是我的《史记》让世人熟知庐山，就凭我记录了我南下登上庐山，遥看传说中大禹治水时疏理过的九江这件事，且仅用“余南登庐山，观禹疏九江”十字精要概述。

太府卿陶范〔东晋〕

是我在庐山北麓建了闻名天下的西林寺！

江州刺史桓伊〔东晋〕

有什么好炫耀的？我在西麓建的东林寺可是佛教净土宗的发祥地，此后念诵“南无阿弥陀佛”才在中国盛行！

陶渊明〔东晋〕

@太府卿陶范〔东晋〕　爷爷，我也在庐山脚下隐居打卡，“采菊东篱下，悠然见南山”。

庐山打卡斗炫群（500）

孟浩然〔唐〕

因公出差路经彭蠡湖时望庐山打卡，见“香炉初上日，瀑水喷成虹”。

苏轼〔宋〕

我在庐山西林寺墙壁上涂画打卡。“不识庐山真面目，只缘身在此山中”无人不晓！

朱熹〔宋〕

我给中国四大书院之一的九江庐山白鹿洞书院制定了规矩，建立了庞大的理学体系，影响了后世几百年呢！

《望天门山》：仗剑去国，锋芒毕露

李白

大家听好了，天才出道了！带着楚江断天门之势，等着瞧吧！

望天门山

天门中断楚江开，碧水东流至此回。
两岸青山相对出，孤帆一片日边来。

725年 · 安徽当涂

♡ 裴旻，吴指南，许圉师，赵蕤

裴旻： “断”字用得好！跟我学的剑术应该没有荒废。

李白： @裴旻 怎敢辱没剑圣威名！我还用剑吓跑老虎了！

吴指南： 感谢太白为我吓退老虎，保我全尸！唉，真想继续随你游历啊！

苏颋： 早就说你小子有司马相如的才华。很好，就应该多出去见识一下！

许圉师：嗯，这孙女婿挑得不错啊！

明·胡应麟：与“朝辞白帝”等作品一样，写得极为自然，都属神品！

明·郭濬：说尽目前山水，诗中有画。

搜一搜 搜索

朋友圈 文章 公众号 小程序

圈子 >

天门山：位于安徽芜湖。两岸高山隔长江对峙，形如天设的门户，由此得名。

诗意：长江如巨斧把天门山劈开，碧绿的江水东流至此回旋向北。两岸高耸的青山隔着长江相峙而立，江面上的一叶孤舟像从日边驶来。

附近的人

裴旻（mín） 剑圣，李白的剑术老师

赵蕤（ruí） 纵横家，李白好友。李白受赵蕤所著的《长短经》影响，一心建功立业，喜谈王霸之道

苏颋（tǐng） 曾任礼部尚书，李白曾带文章向其求赞求转发

许圉（yǔ）师 曾任武则天宰相，李白原配的爷爷

郭濬（jùn） 明朝学者，点定《增订评注唐诗正声》，高度评价李白

包仔、咕咕私聊

包仔

李白一个诗人还舞剑啊？

咕咕

李白可是剑术高手，正经拜剑圣裴旻学的。唐文宗李昂说大唐有三绝，就是李白的诗、张旭的草书和裴旻的剑舞。

包仔

我还以为那些游戏设定李白做剑客是瞎编的呢。那他吓老虎是怎么回事？

咕咕

他离开四川穷游的时候，身边还有个驴友，叫吴指南。哪知道他们到了洞庭湖，吴指南就死了。

包仔

啊？那么突然！

咕咕

有说是得了急病，也有说是因为打群架。至于真正的原因，估计你问李白，他也未必告诉你。据说那里有老虎，李白为了保住朋友的尸体就拔剑守着，最后把老虎吓走了。

包仔

李白很勇敢啊！武松要喝了酒才敢上山打老虎呢。

包仔、咕咕私聊

咕咕

艺高人胆大嘛。不过，他还是没法跟他师父比。

包仔

音 频

李白与天门山结下的不解之缘

《静夜思》：病后更思乡，思乡也成病

朋友的新动态

李白

想家，病了，更想家了！

静夜思

床前明月光，疑是地上霜。
举头望明月，低头思故乡。

726年秋 · 扬州

♡ 李客，李母，李月圆，孟浩然，许氏

李客：儿啊，虽然我这商人的身份连累你不能参加科举，但钱还是管够的。不用省，病了更要吃好啊！

李白回复李客：爹，您给的钱我拿去接济人了，但您也不用担心我。

李母回复李客：唉，儿子花钱大手大脚就是你惯的，多少官员一年的俸禄都没有三十万金！

李月圆：哥，是不是想我了？

许氏： 如果我能与夫君早相识一年，你当时就不用那么孤独了。

李白回复许氏： 感激孟夫子亲自为我做媒！

明·胡应麟：太白的五言诗，如《静夜思》《玉阶怨》，可以说妙绝古今。

明·郭濬：千古以来离家外游的乡情，都包含在这首诗最后十字里。

清·朱之荆：思乡诗那么多，都比不上这四句那么率真而有味。随口而出的话，后人无法模仿，模仿便丑。

搜一搜

搜索

朋友圈　文章　公众号　小程序

圈子 >

床： 至今有五种解释，一是井台；二是井栏；三是“窗”的通假字；四是卧具，床的本义；五是“胡床”，古时一种可以折叠的轻便坐具。

诗意： 明月清辉洒落大地，让人以为是地上结的一层霜。抬头看着天上的一轮皓月，不由得低头沉思，想起远方的故乡。

附近的人

孟浩然 李白的媒人

99%

许氏 李白的原配，727年于安陆与李白相识

朱之荆 清朝学者，著有《增订唐诗摘抄》，高度评价李白

李太白追仙群（500）

包仔

@李太白 李太白大神，您肯定很白，对不对？

李太白

何以见得？

包仔

一个白字还不够，还要字太白，谐音就是你白，你太白了。至少比白还要白两度吧。

李太白

我欣赏你的创意！

咕咕

其实这名字的由来有两种说法。一种是李白七岁跟他爹学作诗时，吟了一句“**李花怒放一树白**”，他爹觉得这白字用得很好，突出了李花的圣洁高雅，所以就用了这句的第一个字和最后一个字来取名。

李母

还有一种说法是我临盆前梦见太白金星入怀。

包仔

我还是喜欢我的解释，一看就明白了。

111

李太白追仙群（500）

李太白

@包仔 从此有了第三种解释。

包仔

@李客　为什么说您商人的身份连累了儿子不能参加科举呢？

李客

唉，当时商人的地位非常低贱，我们可以有钱，但不可以做官，只有极少数很特殊的商人例外。

白居易

这不公平！我参加“书判拔萃科”考试前给自己出过一百道模拟题，叫《百道判》，其中一判就是提出应该允许商人的儿子参加考试。

包仔

没关系啦，反正考不考试也没耽误李太白大神出名呀。就是出名的诗太多了，我们要背的也多。

咕咕

而且有些还有不同版本，都不知道哪个是正版，包括您名字的由来，不如给个官方说法吧。

李太白

话题性和争议性是多少人梦寐以求的啊！

咕咕

@李太白

敲黑板喽！意象详解

月亮：圆月圆满，是美好的象征；残月残缺，表达遗憾的感情；而月圆人缺，则让人迸发思乡之情和对离别、失去的伤感，如这首《静夜思》。

月亮高悬夜空，月光皎洁，也象征高洁的情操。

月亮亘古不变，是永恒的历史见证者。

乌云蔽月，比喻黯淡、不明朗的前程，惆怅、困惑的情绪，或被掩盖的真相。

音频

李白身世成谜，那么他思念的故乡到底是哪里呢?

《黄鹤楼》：黄鹤仙人已去，千古名诗留传

朋友的新动态

崔颢

慕名而来，不见黄鹤仙人，倒见满壁留诗。好，我也凑凑热闹吧。

黄鹤楼

昔人已乘黄鹤去，此地空余黄鹤楼。
黄鹤一去不复返，白云千载空悠悠。
晴川历历汉阳树，芳草萋萋鹦鹉洲。
日暮乡关何处是？烟波江上使人愁。

湖北武昌黄鹤楼

♡ 李太白，宋·严羽

李太白：我……不写黄鹤楼了，我写凤凰台。凤凰台上凤凰游，凤去台空江自流。

李太白：还是不爽，再写《鹦鹉洲》。鹦鹉来过吴江水，江上洲传鹦鹉名。鹦鹉西飞陇山去，芳洲之树何青青。

崔颢回复李太白： 我在太白之前写了首《黄鹤楼》，就让你心理阴影面积那么大吗？

丁十八回复崔颢： 当然大呀！太白在你的诗作前搁笔不写了，还说“一拳捶碎黄鹤楼，一脚踢翻鹦鹉洲，眼前有景道不得，崔颢题诗在上头”。黄鹤楼还好好的，看太白怎么捶碎。

李太白回复丁十八： 你这小屁孩……等我明天酒醒了再跟你说。

宋 · 严羽： 唐人七言律诗，当以此诗为第一。

包仔： 太白怎么会因为这首诗有心理阴影呢？

咕咕： 这事说来话长，我在音频里再告诉你这个太白搁笔的故事吧。

< 搜一搜 搜索

朋友圈 文章 公众号 小程序

圈子 >

作者： 崔颢（hào）（714—754），出身于隋唐五大世家之一的博陵崔氏，唐朝著名诗人。

黄鹤楼： 古代名楼，旧址在湖北武昌黄鹤矶上，于三国吴黄武二年（223）修建。 **昔人：** 传说在此驾鹤登仙的人。 **汉阳：** 地名，在黄鹤楼之西，汉水北岸。 **鹦鹉洲：** 在今湖北武汉西南，根据《后汉书》记载，汉黄祖担任江夏太守时，在此大宴宾客，有人献上鹦鹉，故称鹦鹉洲。

诗意： 昔日的仙人已经驾着黄鹤飞走了，这里只留下一座空荡荡的黄鹤楼。黄鹤走了之后再也没有回来，千百年来只见白云悠悠飘荡。在阳光的照耀下，汉阳的树木和那片芳草覆盖的鹦鹉洲清晰可见。天色已晚，眺望远方不知故乡在何方，眼前那烟雾迷蒙的江面让人更添烦愁。

附近的人

李白　相传李白在黄鹤楼上看见崔颢的诗，就不敢在黄鹤楼上题诗了，只写了一首打油诗来表达无奈，后来还仿效崔颢的《黄鹤楼》写了《登金陵凤凰台》和《鹦鹉洲》

丁十八　唐朝文士，讥笑李白那首“一拳捶碎黄鹤楼”的打油诗

严羽　南宋诗论家、诗人，评价《黄鹤楼》为唐人七律第一

黄鹤楼仙人群（6人）

包仔

仙人，仙人，请问您为什么要在墙上画鹤呀？

费祎

因为辛老板不嫌我穿得破烂，还用好酒招待啊。

荀叔伟

而且不是一顿两顿，是连喝了半年，还从不催要酒钱。

黄鹤楼仙人群（6人）

王子安

欠了酒钱终归要还，但没钱呀，唯有随手拿块橘子皮在墙上画只鹤。这鹤只要听到歌声、掌声就能随着节拍起舞助兴，算是让老板娘赚几个赏钱吧。

包仔

@咕咕　怎么有三个人回复我呢？

咕咕

因为他们都是传说中的仙人呀。

包仔

不可能三个都是吧？哪个才是真的？

费祎

说不得。

荀叔伟

道不明。

王子安

你猜猜。

包仔

知道啦，认真算我输。那送都送了，为什么又要拿走呢？这个总能回答了吧？

吕洞宾

因为凡事皆有度，见好就要收。

黄鹤楼仙人群（6人）

包仔

怎么八仙中的吕爷爷也在呀？

吕洞宾

因为我也是黄鹤楼传说中的其中一个仙人呀。

包仔

好晕啊！

吕洞宾

不过，我肯定不是崔颢说的那个，因为他写这首诗的时候，我还没出生呢。

《黄鹤楼送孟浩然之广陵》：孟夫子！吾爱孟夫子

朋友的新动态 

李白

孟夫子，我们什么时候才能再见呀？

黄鹤楼送孟浩然之广陵

故人西辞黄鹤楼，
烟花三月下扬州。
孤帆远影碧空尽，
唯见长江天际流。

湖北武昌黄鹤楼

♡ 孟浩然，杜甫，宋·陆游，明·唐汝询

孟浩然：他日相聚，再把酒纵歌。

李白回复孟浩然：孟夫子！

杜甫：两位诗坛大神，我都很想认识啊！

宋·陆游：1170年8月28日访黄鹤楼故址，想起太白登此楼写给孟浩然的诗……

明·唐汝询：帆影尽，则目力已极；江水长，则离思无涯。怅望之情，俱在言外。

清·吴烶：孤帆远影，以目送也；长江天际，以心送也。极浅极深，极淡极浓，真仙笔也。

清·孙洙：“烟花三月”这句是千古丽句！

清·俞陛云：最后十四字深情无限，就像曹子建所说的“爱至望苦深”，情谊越深离别越苦啊！

搜一搜

搜索

朋友圈　文章　公众号　小程序

圈子 >

之：往，去。　**广陵**：今江苏扬州。

诗意：老朋友离开了黄鹤楼向东而去，在柳絮如烟、鲜花灿烂的三月远赴扬州。看着他的小船渐渐消失于水天相连之处，只见滚滚长江水向天边奔流。

附近的人

唐汝询　明末清初学者，著有《唐诗解》，高度评价李白

陆游　南宋著名文学家，在其《入蜀记》中记载李白赋诗一事

吴烶　清朝学者，著有《唐诗直解》，高度评价李白

孙洙　清乾隆十六年（1751）进士，编《唐诗三百首》，收录李白诗作

李太白、孟襄阳私聊

大鹏李太白：孟夫子！

大鹏李太白：孟夫子！孟夫子？

求仕孟襄阳：嗯？

大鹏李太白：听说您要去扬州，真的吗？

求仕孟襄阳：嗯。

大鹏李太白：真要去……那，约吗？

求仕孟襄阳：嗯……

大鹏李太白：约吧约吧！江夏，黄鹤楼，我订位！无论如何，我一定要送送您！这一别，也不知道什么时候再见了！孟夫子，来吧！

求仕孟襄阳：好。

大鹏李太白：睡不着了！

敲黑板喽！意象详解

咕咕：我之前不是在《渡荆门送别》中讲解过舟的意象吗？这首诗里的孤帆，就有漂泊、远行的意味了，但漂泊的不是诗人，而是诗人很崇拜的友人。看着友人孤帆远去，也表达了诗人的不舍之情。

音频

李白到底有多粉孟浩然?

《宿建德江》：人生不顺意，姑且暂留停

孟浩然

科举不第，求荐失败，还是漫游散心吧。

宿建德江

移舟泊烟渚，
日暮客愁新。
野旷天低树，
江清月近人。

孟父：你当时就知道跟我倔！如果你早考了，现在就赶上开元盛世的好时代，那就可以指点江山、为国效力了。瞧瞧和你一起在鹿门山隐居的张子容，人家在先天元年（712）就考中了，多有眼光啊！

张子容：浩然，我只是运气好，应考那年遇上了明主登基，其实我论才论德都不及你。你一定能考上的！

张说：别气馁，我会再为你找机会的。

孟浩然回复张说：也许一切早已注定。那天我问船夫“前程复几多”，他答我，淮河里浪高风紧，还是先在河湾处停一停吧。看来，我是该停一下了。

李白：吾爱孟夫子，风流天下闻……高山安可仰，徒此揖清芬。谁看不上您绝对是谁的损失！

杜甫：清诗句句尽堪传！

李隆基：哼！这个结果也只能怪你自己，我可不背这个锅！

王维：那首牢骚诗确实不该……但也没关系，想想那天你在太学赋诗名动公卿，你的实力毋庸置疑！

张九龄：可惜啊！如果你当时是吟诵类似写给我的“欲济无舟楫，端居耻圣明。坐观垂钓者，徒有羡鱼情”，既显示出自己的满腹才学，又表达自己的报国热情，估计这事就成了。

< 搜一搜 搜索

朋友圈 文章 公众号 小程序

圈子 >

建德江：指新安江流经建德（今属浙江）西部的一段江水。
移舟：划动小船。 **烟渚（zhǔ）**：渚指水中的小块陆地。烟渚指江中雾气笼罩的小沙洲。 **客**：指作者自己。

诗意：我把船停泊在烟雾弥漫的沙洲旁，日暮时分新愁又涌上了心头。原野无边无际，远处的天空似乎比近处的树木还要低矮；明月倒映在清澈的江水中，仿佛要与人更亲近些。

附近的人

张说、张九龄 二人皆为唐朝名相，很赏识孟浩然

王维 孟浩然的忘年之交

李隆基 唐玄宗，本来仰慕孟浩然大名，后因孟浩然抱怨怀才不遇而气恼

杜甫 敬佩、赞颂孟浩然

包仔、咕咕私聊

包仔：为什么唐玄宗说孟浩然只能怪自己呢？

咕咕：有一次，孟浩然差点就被天上掉的大馅饼砸中了。《唐才子传》记载，那天他在王维内署，碰巧遇到唐玄宗驾临。

包仔：那他就可以大显身手了呀。

咕咕：剧情本来应该是这样发展的，但孟浩然太紧张了，竟然钻到了床底下。

包仔：啊？剧情强行反转？

包仔、咕咕私聊

咕咕

王维不敢隐瞒，如实汇报，唐玄宗就让孟浩然出来。唐玄宗早就知道孟浩然诗名远播，就叫孟浩然念一首诗给他听听。这本是大显身手的机会，但孟浩然竟然选错了作品，说“不才明主弃，多病故人疏”。

包仔

这好像蛮谦虚的呀。

咕咕

但在唐玄宗听来就不是那个意思了。他说，你自己不求上进，却说我不用你，这不是甩锅给我吗？皇上生气了，后果很严重！这回是真不用孟浩然了！

咕咕

这个故事还有另外一个版本，把王维换成了张说。但不管推荐的人是谁，都没改变孟浩然面试惨败的结果。

王之涣

《凉州词（其一）》：世界很大，我要走走

朋友的新动态

王之涣

不做那芝麻绿豆官了，天天憋屈得我……还不如无官一身轻，赏赏风景写写诗。兄弟们，看我这首怎样。哪天一起围炉畅聚，不醉无归！

凉州词（其一）

黄河远上白云间，一片孤城万仞山。
羌笛何须怨杨柳，春风不度玉门关。

@ 提醒谁看：高适、王昌龄

♡ 李氏，高适，王昌龄，李白，王维，靳能，清·慈禧，元·辛文房，清·章太炎

李氏：迷妹打卡。

李涤：我爱惜你的才华，把宝贝女儿许配给你，就算你拖家带口也不介意。你倒有性格，拍拍屁股就不干了！你的诗能拌饭吃吗？

李氏回复李涤：嗯，吃糠也愿意。

高适：请收下我的膝盖！

王昌龄：季凌兄，留个位置给小弟站站可好？

歌女小翠：这曲我唱定了，谁也别跟我争！

元·辛文房：您老也太低调了！我想为您立传，可怜巧妇难为无米之炊啊……

清·慈禧：只有这样的诗才配题在我的象牙柄白绢扇面上！

清·张之洞：您这诗差点要了我的项上人头啊……

清·章太炎：绝句之最！

< 搜一搜 搜索

朋友圈　文章　公众号　小程序

圈子 >

作者：王之涣（688 — 742），字季凌，盛唐著名诗人。

凉州词：盛唐时流行的一种曲调名。　**仞**：古代长度单位。“万仞”形容山势极高。

诗意：黄河水滚滚直上，交汇于白云之间；玉门关茕茕孑立，耸峙在群山之上。将士用羌笛吹奏着古老幽怨的离歌《折杨柳》，好像在埋怨这里连一株杨柳也找不到。又何必怨怪杨柳呢？春风根本吹不到这荒凉地，关外的杨柳又如何吐叶？

附近的人

李氏 王之涣的续妻

李涤 王之涣的岳父

高适、王昌龄 王之涣的好友

辛文房 元朝诗人，著有《唐才子传》，为王之涣立传

靳能 唐朝永宁县尉，为王之涣撰墓志铭

章太炎 清末民初民主革命家、著名学者，高度评价王之涣

王之涣《凉州词》粉丝群（172）

包仔

请问季凌兄，有人说《凉州词》第一句应该是“黄沙直上”，而不是“黄河远上”。哪一版才对呢？

深宅王之涣〔唐〕

黄沙直上是从下仰望，黄河远上是居高俯瞰；黄沙直上是贴近现实，黄河远上则浪漫恢宏。你喜欢什么，自己挑嘛。

大鹏李太白〔唐〕

我站“黄河远上”。

深宅王之涣〔唐〕

@大鹏李太白〔唐〕 你肯定啊！不然也不会写出“黄河之水天上来”。老实交代，你有没有点致敬的意思？

王之涣《凉州词》粉丝群（172）

大鹏李太白〔唐〕

咕咕

有人说这诗是暗讽权贵们日日纵欢贪乐，他们的恩泽不会施与到远戍的小兵。真的吗？

深宅王之涣〔唐〕

这能告诉你吗？

包仔

王爷爷您为什么要辞职啊？

深宅王之涣〔唐〕

当个冀州衡水主簿，区区县办公室主任，屈才不说，还被人诬陷，这官谁做我就送他！

辛文房〔元〕

季凌兄，我是您诗坛后辈。老实说，您真是一个“隐形人”般的存在。我写《唐才子传》时想给您多添几笔，但实在没材料啊！《新唐书》《旧唐书》里都没找到您。

靳能〔唐〕

@辛文房　要是没我给季凌兄写墓志铭，恐怕后人连他的生卒年份都不知道啊。

包仔

小翠姐姐，这首诗还能唱？

王之涣《凉州词》粉丝群（172）

歌女小翠〔唐〕

凉州词是为当时流行的一首曲《凉州》所配的唱词，是曲调名，当然能唱啊。

深宅王之涣〔唐〕

我当时一见佳人的气质、风度，就断定你是识货之人！

诗家夫子王昌龄〔唐〕

季凌兄打得一手好牌！一位粉丝帮你封神！

张之洞〔清〕

这诗对我来说就是脖子上的大砍刀，就因为我给老佛爷扇面题这诗时少写了一个“间”字。

深宅王之涣〔唐〕

怪我多写了一个字咯！但我挺想知道你咋圆。

张之洞〔清〕

黄河远上，白云一片，孤城万仞山。羌笛何须怨？杨柳春风，不度玉门关。

包仔、咕咕私聊

包仔

王之涣辞职把老丈人给气坏了。

咕咕

是的。李涤是衡水县令，也就是王之涣的上司。他不但不嫌弃王之涣是自己手下，还把自己刚满十八岁的三女儿许配给王之涣，而王之涣当时已有妻室孩子了。可见李涤真的非常欣赏王之涣的才华。

包仔

王之涣娶了个好老婆。

咕咕

嗯嗯。他们在722年成亲，王之涣在726年辞官。他在家宅了十五年，李氏也心甘情愿地陪他粗茶淡饭。

包仔

王之涣就一直没再做官了吗？

咕咕

742年，王之涣再入官场，补文安郡文安县尉，相当于现在的县公安局局长吧。但也在那一年，他就病死了，葬在洛阳北原。

包仔

啊！刚能过点好日子……

包仔、咕咕私聊

咕咕

唉……六年后，李氏也病故了，但因为她是续妻，所以不能跟王之涣葬在一起。

包仔

歌女那个是什么梗？

咕咕

这是一个很著名的故事，叫《旗亭画壁》。

包仔

什么是旗亭？

咕咕

就是酒馆饭店。当时王之涣和高适、王昌龄去赊酒喝，遇到一群歌女在吃宴、唱歌。他们就打赌，谁的诗被唱得最多就认谁是大神。每唱一首，他们就在墙壁上画一画作记号。

包仔

哦，王之涣的诗被唱得最多！

咕咕

错。一开局，王昌龄以两首领先，高适也有一首，但王之涣一首都没有。

包仔

啊？那怎么办？

包仔、咕咕私聊

咕咕

王之涣就说，刚才那些丫头片子哪懂什么阳春白雪。然后他指着一位长得最出色的歌女说，要是连这个也不唱他的诗，那他就永远不与王昌龄和高适争高下了。

包仔

哦，我知道了！那歌女唱了《凉州词》！

敲黑板喽！意象详解

包仔：为什么送别要送杨柳？送花更得体啊。

咕咕：你想想杨柳是怎么样的？

包仔：软绵绵的，就像我妈老骂我那样——没腰。

咕咕：对啊。杨柳身软，风吹哪儿它去哪儿，是不是很像即将分离的人依依不舍的样子？另外，柳，谐音“留”，所以古人送别的时候，经常折杨柳相赠，就是在表达“我舍不得你”啊。

羌笛：羌笛是羌族的一种乐器，声音清脆高亢，悠远空灵，常用来表达心中的思念和向往。这种有鲜明民族特征的乐器，类似的还有胡笳、芦管、琵琶、箜篌等，既是民族、地域的象征，乐声也总会给人一种悲壮、荒凉的感觉，所以也用来代表征人离愁、报国情怀。

玉门关：

包仔：玉门关的门是用玉做的吗？

咕咕：拜托！是因为从西域运玉石来要经过这个关口，所以才叫它玉门关。

玉门关是古代中原通往西域的要道，由于它距离中原很遥远，所以它一出现，往往会带上几个“兄弟”——离愁、边塞、征战。

《登鹳雀楼》：登高望远，至理哲思

朋友的新动态

王之涣

我的眼界不止于此，我的人生也不止于此！

登鹳雀楼

白日依山尽，黄河入海流。
欲穷千里目，更上一层楼。

山西永济之鹳雀楼

♡ 李氏，高适，王昌龄，李益，畅当，宋·沈括，明·唐汝询，清·朱之荆，清·沈德潜

宋·沈括：鹳雀楼上那么多留诗，就数李益、王之涣、畅当三篇写得出那景色的气势。

明·唐汝询：描写夕阳沉入黄河的景色也不算很那个，促人登高望远开阔视界那才叫高明啊！

清·朱之荆：两对工整，却又流动。五言绝句，我推这首为第一名！

清·沈德潜：两对都用严谨的对仗，但读起来一点都不觉得雕琢、堆砌，就是因为立意高啊！

搜一搜 搜索

朋友圈 文章 公众号 小程序

圈子 >

依：依傍。 **尽**：消失。 **穷**：尽，使达到顶点。

诗意：如血残阳依傍着山峦缓缓沉落，滔滔黄河一心向着大海滚滚奔流。若想眼界更为宽阔，得以遍览千里风景，那就再登一层楼，站得更高一点吧。

鹳雀楼斗诗群（100）

李益

《同崔邠登鹳雀楼》鹳雀楼西百尺樯，汀洲云树共茫茫。汉家箫鼓空流水，魏国山河半夕阳。事去千年犹恨速，愁来一日即为长。风烟并起思归望，远目非春亦自伤。

畅当

《登鹳雀楼》迥临飞鸟上，高出尘世间。天势围平野，河流入断山。

鹳雀楼斗诗群（100）

耿沣

《登鹳雀楼》久客心常醉，高楼日渐低。黄河经海内，华岳镇关西。去远千帆小，来迟独鸟迷。终年不得意，空觉负东溪。

包仔

到底留了多少诗呀？是不是在墙上题诗比写“到此一游”有文化？

咕咕

写鹳雀楼的诗多不胜数，不管是写墙上还是写纸上。

包仔

斗诗到底谁赢？

咕咕

王之涣、李益和畅当的诗的评价都很高。你想想，王之涣流传下来的诗只有六首，但《凉州词》被后人捧为“绝句之最”，《登鹳雀楼》也被后人推为“五言绝句第一首”，怎么看都是赢家。

音频

据说王之涣是判案高手哦

《望岳》：我总会有登顶触天之日

杜甫

虽然初试不第，但我绝不是甘于山下徒仰泰山之辈！

望岳

岱宗夫如何？齐鲁青未了。
造化钟神秀，阴阳割昏晓。
荡胸生曾云，决眦入归鸟。
会当凌绝顶，一览众山小。

♡ 兖州司马杜闲，杜审言，崔氏，司农少卿杨怡，杨氏

杜审言：啧啧，我杜审言的孙儿岂会屈居人下？铁定登顶！

杜甫回复杜审言：必须的！吾祖诗冠古，诗是吾家事。

兖州司马杜闲：好好在齐鲁收拾心情再出发吧，爹看好你。

60%

崔氏：见你精力充沛、踌躇满志，为娘就放心了。想你十五六的时候，为了摘熟了的黎枣，一天不知能爬树多少回呢。

李昂：我说你不行你就不行，在这儿自我陶醉也没用！

杜甫回复李昂：谢过李考官的训诫。我必定东山再起！

杜审言回复杜甫：不用跟他客气！这等小吏，给我提鞋都不配！

司农少卿杨怡：子美的祖父是“文章四友”之一、大诗人杜学士，子美的父亲是杜司马，虽然子美如今有点小波折，但看这诗文还是很有潜力的，把女儿交给你，我放心。

杨氏：好一句“会当凌绝顶”！杜郎的雄心壮志一定能实现！

< **搜一搜** 搜索

朋友圈　　文章　　公众号　　小程序

圈子 >

作者：杜甫（712—770），字子美，自号少陵野老。唐朝伟大的现实主义诗人。他被称为“诗圣”，他的诗被称为“诗史”。

岱宗：泰山，在今山东泰安。古代以泰山为五岳之首，诸山所宗，所以又叫“岱宗”。古代帝王曾在此山举行封禅大典。　**夫（fú）**：语气词，强调疑问语气。　**齐鲁**：古代齐鲁两国以泰山为界，齐国在泰山北，鲁国在泰山南。　**造化**：大自然。　**钟**：聚集。　**神秀**：天地之灵气，神奇秀美。

阴阳：阴指山的北面，阳指山的南面。 **曾**：同“层”，重叠。 **决**：裂开。 **眦**（zì）：眼角。 **入**：收入眼底。 **凌**：登上。 **小**：形容词的意动用法，以……为小，认为……小。

诗意：泰山作为五岳之首景致如何？在齐鲁大地上，那青翠的山色没有尽头。大自然把神奇秀丽的景色全都汇聚其中，山南山北一明一暗，宛若早晨与黄昏之别。那层层云霭，是我胸怀激荡所生；那翩翩归鸟，要撑裂双目才得以尽收眼底。我一定要登上泰山的顶峰，俯瞰那渺小的群山。

附近的人

杜审言	杜甫的祖父
杜闲	杜甫的父亲，曾任兖州司马
崔氏	杜甫的母亲
杨怡	杜甫的岳父，曾任司农少卿
杨氏	杜甫的妻子
李昂	刷下杜甫的考官

包仔、咕咕私聊

包仔

不是说杜甫老是担心这担心那的吗？我一直以为他就是个成天皱着眉唉声叹气的人呢，但看他年轻时完全不是这种感觉哦。

咕咕

杜甫家世显赫，祖上很多都是当官的，母亲出自名门望族河东崔氏，了不得啊。所以杜甫年轻时的意气风发、心高气傲一点也不输李白。你看他说“诗是吾家事”，意思是作诗就是他家的祖传绝技，够狂吧？

包仔

难怪能成为李白的老铁。

咕咕

我觉得他的狂是遗传自他爷爷杜审言的，那才叫一等一的狂人。杜审言说，他的文章能让屈原、宋玉做他小弟，他的书法能让王羲之做他学生。

包仔

吹牛真的不用上税吗？

咕咕

他病重时还对宋之问等几个去探望他的好友说，之前有我在，一直压得你们出不了头，如今我要死了，你们应该高兴啊，就是遗憾没人接我的棒啊。

包仔

大写的服！这些朋友都是真爱啊！

咕咕

如果还想了解杜甫狂傲的遗传基因，请扫《出版前言》中的二维码收听音频。

张九龄

《望月怀远》：至少，我们能看着同一个月亮

张九龄

我在看月亮，你呢？你也抬头看看吧。

望月怀远

海上生明月，天涯共此时。
情人怨遥夜，竟夕起相思。
灭烛怜光满，披衣觉露滋。
不堪盈手赠，还寝梦佳期。

736年 · 湖北荆州

♡ **沈佺期**，**张说**，**李隆基**，**张九皋**，**张九章**，**王维**，**孟浩然**

张说：果然是后出词人之冠！

李隆基：很挂念卿家啊，自你离开后，还有谁的节操、品德、度量比得上你啊？

张九龄回复李隆基：皇上须居安思危，整顿朝纲，尤其要远离小人！

李林甫： 切，区区文吏，拘古义，失大体。

安禄山回复李隆基： 皇上看这诗，还不如看我跳舞。

张九皋： 哥，我也想你！

王维： 酬张少府，晚年唯好静，万事不关心啊。

搜一搜 搜索

朋友圈　文章　公众号　小程序

圈子 >

作者： 张九龄（673—740），字子寿，号博物。唐朝开元名相，政治家、文学家，西汉留侯张良之后。著有《曲江集》，被誉为“岭南第一人”。

怀远： 怀念远方的亲人。　**情人：** 多情的人，指作者自己；一说指亲人。　**竟夕：** 终夜，即一整夜。　**盈手：** 双手捧满。陆机《拟明月何皎皎》：“照之有余辉，揽之不盈手。”

诗意： 海上升起了一轮明月，你我天各一方共赏月明。有情人怨恨这长夜漫漫，彻夜不眠苦苦思念着你。灭掉蜡烛欣赏满房月色，披起衣裳才发现衣衫已被露珠沾湿。月色美妙却不能赠予你，那不如与你在梦中相会吧。

附近的人

沈佺期	唐朝著名诗人，赏识、提拔张九龄
张说	赏识、提拔张九龄
李隆基	唐玄宗，器重张九龄，任他为宰相
张九皋、张九章	张九龄弟弟
王维	受张九龄赏识提拔
孟浩然	向张九龄寄诗求举荐
李林甫	唐朝著名奸相，妒忌排挤张九龄
安禄山	唐朝节度使，安史之乱发起者，张九龄曾建议将其谋杀

包仔、咕咕私聊

包仔：为什么那个李林甫和安禄山好像都很讨厌张九龄？

咕咕：我给你还原一下。

咕咕：

李隆基：觉得李林甫怎样？

张九龄：不学无术！

李隆基：朕想给李林甫举荐的牛仙客加个尚书衔。

包仔、咕咕私聊

咕咕

张九龄：区区基层小吏得此荣誉，天下人会怎么说？

李隆基：那就封个爵吧。

张九龄：他只是做好本职工作而已，给点钱就行了，封什么爵！而且他大字不识几个，如果陛下用他，我都觉得羞愧啊！

李隆基：

李隆基：那个……安禄山要不要杀？

张九龄：看他面相就知道他有狼子野心，像个反贼，趁他这次吃了败仗、犯了军法就杀了吧，以绝后患。

包仔：哦——看来张九龄得罪了不少人哦！

咕咕：是的。而且有好几次，唐玄宗李隆基差点被他气得肺都炸了。不过，唐玄宗还是很敬重张九龄的，当宰相来向他推荐人才时，他一定会问“节操、品德、度量像张九龄吗”。

包仔、咕咕私聊

包仔

那事实上张九龄看人看得准不准呢?

咕咕

虽然李林甫是个小人，但在为大唐制定法典方面确实做了不少工作。牛仙客也算勤勤恳恳吧。但张九龄一点也没看错安禄山。就是这个人和史思明发动了安史之乱，令唐王朝由盛转衰。

包仔

这唐玄宗真是把一手好牌打烂了。

咕咕

是啊，安史之乱爆发后，唐玄宗跑路到了四川，想起当年张九龄的话，肠子都悔青了，还特意派人去曲江拜祭张九龄呢。

包仔

晚了！我妈常说，世上没有后悔药。

音频

为什么说张九龄是“岭南第一人”呢?

《使至塞上》：名为出使，实被外逐

王维

不让我留在朝廷，那我去饱览大漠风光，更好。

使至塞上

单车欲问边，属国过居延。
征蓬出汉塞，归雁入胡天。
大漠孤烟直，长河落日圆。
萧关逢候骑，都护在燕然。

737年

@ 提醒谁看：崔希逸

♡ 王昌龄，高适，李颀，张九龄，崔希逸

王昌龄：摩诘大气，塞外自有好风光，管朝中破事作甚。

张九龄：成败起落，皆是历练。

王维回复张九龄：举世无相识，终身思旧恩。

崔希逸：好，写得好，我正在前线未归，你来找我吧。

清 · 王国维：此种境界，可谓千古壮观。

< 搜一搜 搜索

朋友圈 文章 公众号 小程序

圈子 >

单车：一辆车，这里形容轻车简从。　**属国**：有几种解释，一指少数民族附属于汉族朝廷而存其国号者；二是唐人有时以“属国”代称出使边陲的使臣。　**居延**：古地名，故址在今内蒙古阿拉善盟和甘肃酒泉内。　**征蓬**：随风飘飞的蓬草。　**萧关**：古关名，故址在今宁夏固原东南。　**都护**：官名。唐朝在西北置安西、安北等六大都护府，每府派大都护一人，副都护二人，负责辖区一切事务。

诗意：我轻车简从前往慰问边关将士，路途要比去居延更加遥远。像千里飞蓬飘出边塞，北归大雁翱翔云天。茫茫大漠中孤烟直上，浩浩黄河上落日浑圆。我到萧关刚好遇见担任侦察的骑兵，他告诉我长官正驻守在前线。

< 附近的人 ...

王昌龄、高适、李颀 唐朝著名诗人，三人皆是王维好友

张九龄 王维的伯乐兼朋友，张九龄被罢官后，王维亦被排挤

崔希逸 唐玄宗开元年间名臣名将，时任河西节度副使，王维此行出塞慰问的对象

王国维 清末民初著名学者，极推崇“大漠”一联

包仔、咕咕私聊

包仔

咕咕，王维好威风啊，代皇帝去巡查，这是不是就叫作“钦差大臣”？

咕咕

你想多了，王维可不是那种耀武扬威的钦差大臣哦。相反，他这次其实是被人排挤出京城的。

包仔

啊，为什么呢？

咕咕

因为他的伯乐张九龄被李林甫排挤贬官，那王维自然也没好果子吃啊。恰好河西节度副使崔希逸在青涤西大破吐蕃军，所以王维就受命以监察御史的身份出塞宣慰，察访军情，其实就是被有多远赶多远。王维又怎么会高兴呢？

包仔

虽然是这样，但毕竟是打胜仗啊，也是一件值得开心的事吧。

咕咕

这场仗虽然是唐朝打赢了，但是背后的故事并非十分光彩哦。就连打胜仗的崔希逸心里也不见得好过。

包仔

啊？

包仔、咕咕私聊

咕咕

这位崔希逸当时镇守河西，在那个时候唐和吐蕃边境保持着相对和平的状态，崔希逸和吐蕃大将约定互不派兵守卫，以免阻碍耕种放牧。原本吐蕃方面也有疑虑，怕大唐皇帝反悔，但最后还是抵不住崔希逸的再三请求，就同意立盟了。

包仔

种田的种田，放牧的放牧，和和气气的，很好啊。

咕咕

但是当时吐蕃派兵攻打了唐的藩属小国勃律国，唐玄宗派人叫吐蕃撤兵，吐蕃不听，还灭了勃律国。唐玄宗很生气，认为吐蕃不给自己面子。正巧崔希逸的一个侍官孙诲入朝奏事，为了取悦皇帝，他建议趁吐蕃不备攻打他们。

包仔

唐玄宗有没有听他的？

咕咕

唐玄宗碍于崔希逸和吐蕃的约定，没有表态，只派了太监赵惠琮和孙诲一道回凉州。到凉州后，他们俩就假传圣旨要崔希逸发兵偷袭吐蕃，崔希逸唯有照办。由于吐蕃边境没有设防，唐军深入吐蕃境内两千多里，大败吐蕃。

包仔

呃，换我我也脸红。

敲黑板喽！意象详解

燕然：泛指边塞、前线。出自典故燕然勒石，或称为燕然勒功，勒指雕刻。诗文中常以此比喻将军建功立业。公元89年窦宪、耿秉率军与北匈奴战于稽落山，大败北匈奴，窦宪、耿秉登燕然山（今蒙古国杭爱山），由班固撰写《封燕然山铭》文，刻石纪功而还。

燕然勒石常与封狼居胥并列。封狼居胥指西汉名将霍去病深入漠北至狼居胥山所取得的赫赫战功。

音频

“大漠孤烟直”的烟究竟是不是狼烟？狼烟是不是真的用狼粪烧成的？

《芙蓉楼送辛渐（其一）》：我还是原来的我

全网广播：742年，安禄山被李隆基任命为平卢节度使，可到朝廷上奏议事，更获宠信。

王昌龄

不忘初心，嗯，不忘初心。

芙蓉楼送辛渐（其一）

寒雨连江夜入吴，平明送客楚山孤。
洛阳亲友如相问，一片冰心在玉壶。

@ 提醒谁看：辛渐

♡ 辛渐，孟浩然，王维，李白，高适，王之涣，岑参，李颀，鲍照，姚崇

辛渐：老哥放心，你的话，我一定帮你带到！

李白：什么“不护细行”！要弄走你，什么理由都能用上。别管这些，醉就对了。

岑参：还记得“努力加餐饭”吗？保重啊！

鲍照：这让我想起从前……清如玉壶冰，这是多么无奈的自证。

姚崇：冰壶者，清洁之至也。我相信你。

闾丘晓：切，还玉壶冰心，装腔作势，莫要落我手里。

高适回复闾丘晓：蠡贼，你吓谁呢！你才莫要落我手里！

搜一搜

搜索

朋友圈　文章　公众号　小程序

圈子 >

芙蓉楼：原名西北楼，登临可以俯瞰长江，遥望江北，在润州（今江苏镇江）西北。一说此处指黔阳（今湖南黔城）芙蓉楼。　**吴**：古代国名，这里泛指江苏南部、浙江北部一带。　**楚山**：泛指长江中下游北岸的山。因这一带在古代属于楚地范围。

诗意：在冷雨连绵的夜晚，我来到了吴地的江边。天明时送好友登船，仅剩我与楚山独对。你到了洛阳后，若我的亲友问起我的近况，请告诉他们我的心冰清玉洁未受玷污。

附近的人

辛渐　王昌龄好友，因一首《芙蓉楼送辛渐》而留名

孟浩然、王维、李颀、高适、王之涣、李白　王昌龄好友

闾丘晓　中唐官员，谋害王昌龄

鲍照、姚崇 鲍照是南朝宋著名文学家，姚崇是唐朝宰相，二人都曾用玉壶自比

包仔、咕咕私聊

包仔

咕咕，那个闫丘晓是什么人，怎么这么凶？

咕咕

这是一个悲剧。王昌龄在龙标待了八年后决定回家，途经亳（bó）州时，被这个闫丘晓杀死了。

包仔

为什么呀？他们有仇吗？

咕咕

根据《唐才子传》的记载，闫丘晓忌恨王昌龄，至于是忌恨王昌龄的出众才华还是耿直性格，那就不得而知了。

包仔

太可恶了！难道没有王法吗？

咕咕

当时正值安史之乱，到处兵荒马乱，就是想顾也顾不上。不过，这个闫丘晓也没有好下场。

包仔、咕咕私聊

包仔

他怎么了?

咕咕

当时，河南节度使张镐命闾丘晓带兵支援睢(suī)阳，闾丘晓畏敌不进，导致睢阳失守。于是，张镐就以贻误军机罪用重杖打死了闾丘晓。

包仔

他活该!

咕咕

这个闾丘晓临死前还乞求饶命，说自己家有老小要养活。张镐就质问他，那么王昌龄的妻儿老小又由谁照顾呢?

包仔

这样看来，张镐在帮王昌龄报仇?

咕咕

有一种说法是，这是王昌龄的好友、时任淮海节度使的高适暗中指示张镐做的。无论如何，恶人自有恶报，欠人的始终是要还的。

敲黑板喽！意象详解

冰心玉壶：冰心通透，美玉无瑕，古人常用来比喻高洁清白的品格。

如南朝宋著名文学家鲍照的《代白头吟》，以“清如玉壶冰”自喻清白的操守。

又如唐代著名宰相姚崇作有《冰壶诫》：“冰壶者，清洁之至也。”此后，如王维、李白等诸多名士都曾以冰壶自励，推崇光明磊落的品格。

《月下独酌》：月亮和影都是陪酒的好友

李白

月啊月，我的好，你懂吗？

月下独酌

花间一壶酒，独酌无相亲。
举杯邀明月，对影成三人。
月既不解饮，影徒随我身。
暂伴月将影，行乐须及春。
我歌月徘徊，我舞影零乱。
醒时相交欢，醉后各分散。
永结无情游，相期邈云汉。

长安

♡ 李月圆，李隆基，杨玉环，孟浩然，贺知章，张旭，杜甫

李月圆：我懂！

杜甫：我更懂！

李隆基：太白文采好，有何人不懂？明日再给朕写几首好诗。

李白回复李隆基：酒中仙未知何时醒……

李隆基回复李白：没事，醒了再来。

贺知章：哎呀，看得我酒瘾又犯了。

张旭：你小子，有酒自己喝？

高力士：呵呵，没人陪李太白喝酒吗？独酌别喝多，月和影可不会替太白脱靴。

杨国忠：也不会磨墨。

李白回复杨国忠：这种事自有某些人做，不须劳驾我那两位酒友。

搜一搜 搜索

朋友圈 文章 公众号 小程序

圈子 >

徒：徒然。 **解**：懂。 **无情游**：月、影没有知觉，不懂感情，李白与之结交，故称"无情游"。 **期**：约会。 **云汉**：银河。

诗意：花丛中摆着一壶酒，没有知交相伴，只能独自酌饮。举杯邀请明月作陪，加上我的影子正好有三人。但月亮并不懂饮酒，影子也仅仅是跟随着我而已。这也无所谓了，就暂时以明月影子为伴，及时行乐，莫辜负这美好春宵。我唱歌，明月随我徘徊；我跳舞，影子也随之纷乱。清醒时，我们共同游戏；酒醉后，我们各散东西。但愿能一直这样尽情玩耍，相约在渺远的仙境。

李白
醉

附近的人

李隆基	唐玄宗，赏识李白
张旭	唐朝书法家，李白好友，与李白同列“饮中八仙”
高力士	唐玄宗宠臣，看不惯李白
杨国忠	唐朝权臣，杨玉环族兄，看不惯李白
杨玉环	唐玄宗宠妃

包仔、咕咕私聊

包仔：李白不是不能考科举吗？他是怎么搭上皇帝的？

咕咕：不能考试，但有两位贵人啊。等我给你截个图，重现一下李白是怎样博得其中一位贵人欢心的。

咕咕：

李太白：

玉真仙人词

玉真之仙人，时往太华峰。
清晨鸣天鼓，飙欻腾双龙。
弄电不辍手，行云本无踪。
几时入少室，王母应相逢。

玉真公主：

包仔：看不懂！

包仔、咕咕私聊

咕咕

这是李白献给唐玄宗妹妹玉真公主的诗，简单来说，就是“您真是神仙姐姐啊”！玉真公主一高兴，置顶推荐！

包仔

那还有一位贵人呢？

咕咕

另一位可以说是唐朝诗坛、政坛上的人生赢家，世人一生追求的福寿双全、事业顺遂、才华横溢、名满天下、胜友如云都给他占全了。这个人，我在下一首再跟你说。总之，他是皇帝跟前的红人，他说一句顶别人说十句，有他力荐，李白就待诏翰林了。

包仔

那为什么李白当官以后好像还不太高兴的样子呢？

咕咕

待诏翰林相当于现在的秘书，他就负责陪吃陪玩，然后把这些风花雪月记录下来。要李白写诗当然简单，但李白觉得自己肚子里有的不仅仅是文章，而是雄韬伟略、治世之才！

包仔

就像我觉得自己能当班长，但老师只给我做体育科代表。

咕咕

呃……再加上李白还得罪了不少人。譬如唐玄宗跟前最得宠的宦官高力士，还有国舅杨国忠，他背后早就插满“暗箭”，跟豪猪差不多了。

咕咕

如果想知道李白酒中仙的名号是怎么来的，以及这位酒中仙是怎么得罪两位权臣的，就扫描《出版前言》中的二维码收听音频吧。

《咏柳》：荣休老干部的春风得意

朋友的新动态

贺知章

今有四明狂客告老还乡做个道士，竟得皇帝老子赠诗修观，又惊见太子率百官相送，此生足矣！坐船经南门外潘水河边旧宅，二月早春姿色撩人，令我这退休老干部技痒难耐，决意让大家猜个诗谜。第一个猜中有奖，我的陈年佳酿或狂草书帖任君选择。

咏____

碧玉妆成一树高，万条垂下绿丝绦。
不知细叶谁裁出，二月春风似剪刀。

744年 · 越州永兴（今浙江萧山）

♡ 李隆基，太子李亨，李太白，张旭，吴道子，王老，杜甫，包融，张若虚，张说，陆象先

李隆基：朕不吭声，怕是没人敢抢先。朕来做裁判。

太子李亨：老师，学生一试。柳树是也。

贺知章回复太子李亨：想要什么？

太子李亨：老师亲书的《孝经》，以求日日自省。

贺知章回复太子李亨：

李太白：虽然迟了一步，但老贺的酒不会不留给我的

贺知章回复李太白：快来！管够管醉。

李林甫：贺监大病初愈，还是悠着点吧！好好在道观内修心静养，不宜过于亢奋。

李太白回复李林甫：中书令专注于用音律御人理政即可，老贺有我们，不劳你费心。

杜甫：可惜未能面见贺公。

李太白回复杜甫：我带你去。

六 搜一搜

搜索

朋友圈　文章　公众号　小程序

圈子 >

作者：贺知章（659—约744），字季真，盛唐著名诗人。晚年自号“四明狂客”。

绦：用丝编成的绳带。

诗意：挺拔的柳树宛如由碧绿的玉石装扮而成，轻柔的垂柳就像万条随风飘动的绿色丝带。那纤细的柳叶是谁的巧手裁剪的？哦，原来二月的春风正是那把精妙绝伦的剪刀。

附近的人

李隆基 唐玄宗，贺知章至高无上的老东家

李亨 太子，贺知章的学生

李白 贺知章的忘年交

杜甫 求见贺知章却未能见面

张旭、张若虚、包融 与贺知章并称“吴中四士”

张说 唐朝名相，曾提携贺知章

陆象先 贺知章表弟，曾举荐贺知章

李林甫 唐朝奸臣，贺知章的政敌

吴道子 画圣，曾向贺知章学书法

王老 传说中点化贺知章的高人

四明狂客后援队1群（500）

包仔

顶流！群爆满了！

咕咕

贺公提拔、帮助的人不计其数，这人缘没谁了！

李隆基

@贺知章　早前在长乐坡为卿家设宴饯行，席间众臣的赠诗已集结为卷，由朕作序。

贺知章

@李隆基　烦请主上为我包邮。

60%

四明狂客后援队1群（500）

李隆基

退休金不用省，不够给你加。给你镜湖一角做放生池，够用不？改建的千秋观，住得舒服不？

贺知章

@李隆基　皇恩浩荡，老朽知足！

王老

听说你荣休了。及时及时！可教可教！

贺知章

@王老　承蒙王老指点，令我茅塞顿开！

包仔

@王老　是您叫贺伯伯退休的吗？

王老

我只是个卖穿钱绳索的，哪有这本事啊？

贺知章

这叫真人不露相！我送王老明珠，王老拿去换烧饼，还说这都不舍得就不用求道了，若真想求道就要到深山穷谷专心苦修。

包仔

果然是王伯伯叫的。

贺知章

加上我年纪大了，还大病了一场，干脆安心回乡求道吧。

四明狂客后援队1群（500）

李隆基

@王老　你劝走了我的得力助手，那么请你来给我说说道吧。

系统提示：王老退出了群聊

贺知章

皇威太盛了。

包仔、咕咕私聊

包仔

为什么贺知章叫自己四明狂客？

咕咕

四明是在贺知章家乡附近的一座山。贺知章写诗，从不小心保存。人在，还怕写不出更好的吗？你说狂不狂？所以，他有“诗狂”的称号。就因为他不留诗稿，所以传世的诗歌只剩26首了。

包仔

写诗好就那么狂了吗？

咕咕

贺知章至少还有三狂。一是酒狂！杜甫《饮中八仙歌》有一句是“知章骑马似乘船，眼花落井水底眠”。意思是贺知章醉驾，骑马像坐船那样摇摇晃晃，不小心掉井底了就睡一觉呗。玩命吧？

包仔

杜甫不是没见过贺知章吗？他怎么知道的？

包仔、咕咕私聊

咕咕

可能是从李白那听来的，也有可能是其他人告诉他的。老贺嗜酒，天下皆知。

包仔

还有什么狂？

咕咕

书法！他书法狂放，跟“草圣”张旭都是吴中F4男团成员，两人的草书都是一绝。他一喝酒，洋洋洒洒，十张纸、二十张纸都能满满写上。但可惜他存世的书法作品很少，草书作品就只剩流落在日本的《孝经》了。

包仔

还有一狂我知道。他那么多朋友，是交友狂，对吧？

咕咕

贺知章不拘小节、豪迈不羁，还喜欢提携后辈，收服一众小弟，真是个万里挑一、人见人爱的老顽童。

包仔

我信！连李白都跟他那么铁！

咕咕

那当然！我之前说的李白的另一个贵人，就是贺知章。李白“谪仙人”的名号也是他给的。

包仔

谪仙人是个什么仙？管什么的？

包仔、咕咕私聊

咕咕

谪仙人是指下凡的仙人。当时李白刚到长安，在紫极宫道观遇见贺知章。贺知章早就欣赏李白的诗作，这次再读了《蜀道难》《乌栖曲》，惊为天人，说李白是天上下凡的仙人。看完诗，再请喝酒。这两人都是酒痴，一喝就停不了。喝完后，尴尬了，竟然没带钱！贺知章马上解下金龟来换酒，豪气啊！

包仔

金龟？金龟子吗？怎么随身带着甲虫？

咕咕

金龟是按品级赐给官员的配饰，是身份的象征！当时三品以上官员佩戴的龟袋用金饰，四品用银饰，五品用铜饰。贺知章连御赐的配饰都舍得，可见他有多喜欢李白了！

敲黑板喽！意象详解

碧玉：碧绿的玉石，也代指妙龄女子。南朝梁元帝萧绎《采莲赋》：“碧玉小家女，来嫁汝南王。”此后在无数诗中，碧玉成为妙龄女子的代名词，即我们常说的小家碧玉。碧玉年华，是指古代女子十六岁时。

音频

老顽童贺知章骑墙劝退少年郎

《回乡偶书》：从交游满天下到乡里陌路人

朋友的新动态 

贺知章

一漂五十年，终于回家了！无官压身，无人相识，感慨啊！

回乡偶书

少小离家老大回，乡音无改鬓毛衰。
儿童相见不相识，笑问客从何处来。

744年 · 越州永兴（今浙江萧山）

♡ 李隆基，太子李亨，李白，杜甫，张旭，李泌，岑参，张说，陆象先

李隆基： 你是被官场耽误了的大诗人！辛苦爱卿了！

太子李亨： 怀念老师的吴语乡音。

张旭： 约！开新砚！喝老酒！

张说： 不枉我当年举荐！是怎样的奇才、人精方能安然荣休啊！

陈子昂：真羡慕贺公的高寿啊！

贺知章回复陈子昂：你我同年出生，你在的时候，我只是个跟班小弟。

李林甫回复贺知章：同代巨擘都先走了，自己熬成老寿星而出头，这也是一种本事。

贺知章回复李林甫：哪儿都有你，哪儿都能把在位的人挤走，岂不更显功力？

李泌：难得贺公清闲了，愿与贺公交流道术。

陆象先：一日不见季真兄，人就变得粗鄙。我们已分隔多少年了？

杜甫：贺公雅吴语，在位常清狂。

搜一搜 搜索

朋友圈 文章 公众号 小程序

圈子 >

偶书：因偶然的感触而写。 **鬓毛**：鬓角的头发，但以小见大，可意译为头发。

诗意：我年纪轻轻就离开了家，到了一把年纪才重回故乡。我的乡音虽然没有改变，但头发已疏落斑白，早不是从前的模样。村里的孩子当然不认识我啊，还笑着问我是从哪里来的。

四明狂客后援队2群（500）

包仔

贺伯伯，请问鬓毛衰的衰字怎么读？我爸说，他老师教的是cuī，但现在老师教的是shuāi。

咕咕

读cuī时，指“等衰”，依次减少的意思，在诗句里，是指头发逐渐疏落；读shuāi时，指衰弱、衰老，引申为头发斑白的意思。

贺知章

@包仔　你那些符号我看不懂……至于怎么读，我发语音。用官话和我家乡话说也有不同。

贺知章

33"

包仔

哦——原来是这样。

贺知章

多听异见总无害。至于考试怎么答，当然是听改卷的。比我有才华的人多的是，但为什么我能在695年刚恢复科举考试的时候就成为乙未科状元呢？因为我的答卷最合改卷人的心意。

骆宾王

我七岁写《咏鹅》，但一直考试不及格！说多都是泪！

陈子昂

考试嘛，确实要点技巧。我十八岁前各种耍，读几年就中了。但又如何？前不见古人，后不见来者，念天地之悠悠，独怆然而涕下。

四明狂客后援队2群（500）

骆宾王

神补刀。@陈子昂

包仔、咕咕私聊

包仔

那个说要找贺知章交流道术的李泌是个道士吗？

咕咕

他就是传说中那种“别人家的孩子”，神童一枚，七岁就能吟诗作对。贺知章在李泌很小的时候就看好他，说这孩子目光清澈明亮，一脸聪明相，是做宰相、重臣的料。

包仔

被贺知章说中了？

咕咕

贺知章慧眼识英才是出了名的，这个李泌后来真的成了四朝元老。他年轻的时候就已痴迷于神仙的不死之术，在各名山隐居，潜心修道。每次朝廷出大事，皇帝都请他出山。他淡泊名利，不要官职，所以被称为“布衣宰相”。

包仔、咕咕私聊

包仔

贺知章看人那么厉害，那么看中贺知章的人不是也很厉害吗？

咕咕

提携贺知章的张说和陆象先都是牛人。张说这位一代文宗在各大诗人的朋友圈里出场率那么高，你应该很熟悉了。话说，他对李泌也是赞不绝口的。而陆象先有一句名言你也应该听过，就是“天下本无事，庸人自扰之”。

咕咕

关于贺知章的这两位伯乐还有不少有趣的故事，如果你感兴趣，可以在我的系统里随便查阅资料。主动学习，受益更多哦。

音频

原来还有另外一首《回乡偶书》哦

《行路难（其一）》人生再难也要逆风翻盘

李白

长安，别了……

行路难（其一）

金樽清酒斗十千，玉盘珍羞直万钱。
停杯投箸不能食，拔剑四顾心茫然。
欲渡黄河冰塞川，将登太行雪满山。
闲来垂钓碧溪上，忽复乘舟梦日边。
行路难，行路难，多歧路，今安在？
长风破浪会有时，直挂云帆济沧海。

744年 · 长安

贺知章：怎么我一退休，你又要走了呢？

李隆基回复**贺知章**：太白说他懒散惯了，又说“功成谢人间，从此一投钓”，既然太白想隐退，朕也不好勉强。

李白回复**李隆基**：呵呵。

高力士回复贺知章： 贺老，圣上可是忍痛割爱，赐金放还，没亏待谪仙太白。

李白回复高力士： 把炒鱿鱼说得清新脱俗。

姜太公吕尚： 有幸进入谪仙人的诗。你一定会遇到你的周文王！

伊尹： 你也一定会遇到你的商武王！但话说，把我跟灭商功臣摆在一起，害我尴尬癌犯了。

搜一搜 搜索

朋友圈 文章 公众号 小程序

圈子 >

行路难： 乐府旧题。 **斗十千：** 一斗值万钱，形容酒美价高。 **羞：** 同“馐”，美味的食物。 **直：** 通“值”，价值。 **箸(zhù)：** 筷子。 **垂钓碧溪：** 姜太公吕尚曾在渭水的磻溪上钓鱼，得遇周文王，继而被文王重用并助周灭商。 **乘舟梦日：** 伊尹曾梦见自己乘船从日月旁边经过，此后被商汤聘请，助商灭夏。 **歧路：** 岔道。 **云帆：** 高高的船帆。

诗意： 金杯里的好酒每斗价十千，玉盘中的美食珍贵值万钱。我放下酒杯、筷子不愿进餐，拔剑环顾四周，心中茫然。想渡过黄河，冰雪却冻封河川；想登上太行，又遇大雪封山。那就像吕尚被文王重用前在磻溪上垂钓吧，或又像伊尹被商汤聘用前梦见自己乘船经过日边。行路艰难，行路艰难，岔路那么多，应走向何方？相信总有一天能乘风破浪，挂起高帆在大海中勇往直前。

敲黑板喽！意象详解

剑：剑是兵器，因此是战争的代名词。

剑是利器，象征着强大的能量、能力，若无剑可用、利剑脱手或有剑却无法施展，则是对怀才不遇、英雄无用武之地的感叹。

抒发要建功立业或锄奸抑恶的豪情壮志。

表达对剑术、剑文化、豪侠精神的崇拜。

音频

李白为什么被曾为他亲自调羹的唐玄宗弃用?

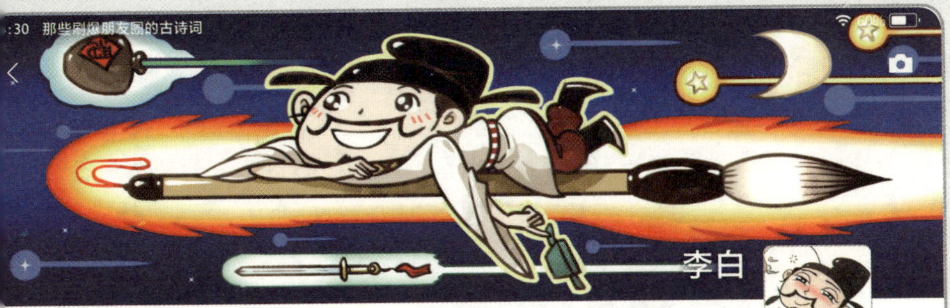

《上阳台帖》：李白唯一传世的书法真迹

李白

与杜甫、高适同游王屋山，本想到阳台观拜见司马子微，却惊闻他已仙逝……

上阳台帖

山高水长，物象千万，
非有老笔，清壮可穷。
十八日，上阳台书，太白。

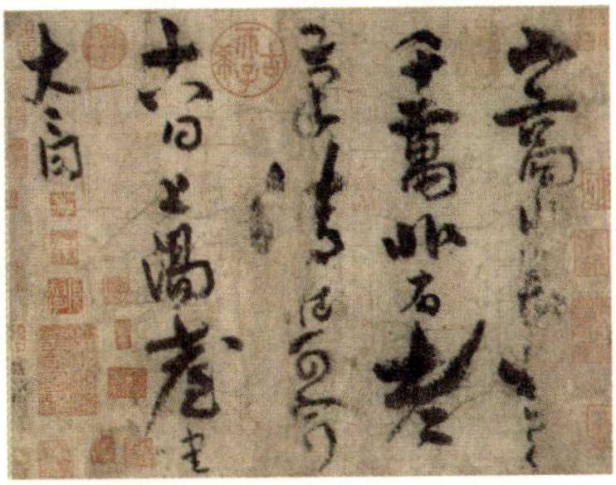

司马承祯：太白有心了！我仙游去了。

李白回复司马承祯：泣拜！恭送宗师！

张旭：太白此帖，颇有我笔法神韵。

宋·赵佶：有幸收藏！字画飘逸，豪气雄健，才知道太白不仅以诗闻名。

宋·贾似道：有幸收藏+1。

元·张晏：有幸收藏+2。看这字，飘飘然有凌云之态，高出尘寰得物外之妙。

明·项墨林：有幸收藏+3。

清·安岐：有幸收藏+4。

十全老人弘历：青莲逸翰！这样的墨宝，当归我所有！

咕咕回复十全老人弘历：能不能少在别人的墨宝上贴"膏药"、戳大大大大印啊？

十全老人弘历回复咕咕：要你管？心有多大，印就有多大！

搜一搜 搜索

朋友圈 文章 公众号 小程序

圈子 >

阳台：指王屋山上的道观，名阳台观。

诗意：高山长河，万物变幻，气象万千，非要有老练的文笔，才能写出如此清奇壮阔的景象（没有老练的文笔又如何道尽如此清壮景象）。十八日，太白上阳台观写此书帖。（注：两种解释的句意一样，只是表述方法不同，取决于此帖的"可"字是否通"何"，"非有"理解为非要有还是没有。）

附近的人

赵佶 宋徽宗，创瘦金体，曾收藏书帖并为其书写题跋

贾似道 南宋晚期权相，曾收藏书帖

张晏 元朝著名收藏家，封魏国公，曾收藏书帖

项墨林 明朝著名书画家、收藏家，曾收藏书帖

安岐 清朝书画鉴藏家，曾收藏书帖

十全老人弘历 清朝乾隆皇帝，曾收藏书帖并为其书写题跋

包仔、咕咕私聊

包仔：你为什么叫乾隆皇帝少贴“膏药”啊？

咕咕：给你看点东西。

咕咕：

咕咕：

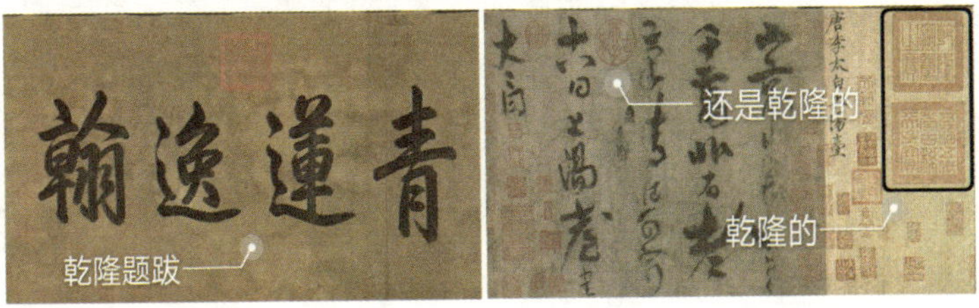

包仔、咕咕私聊

咕咕

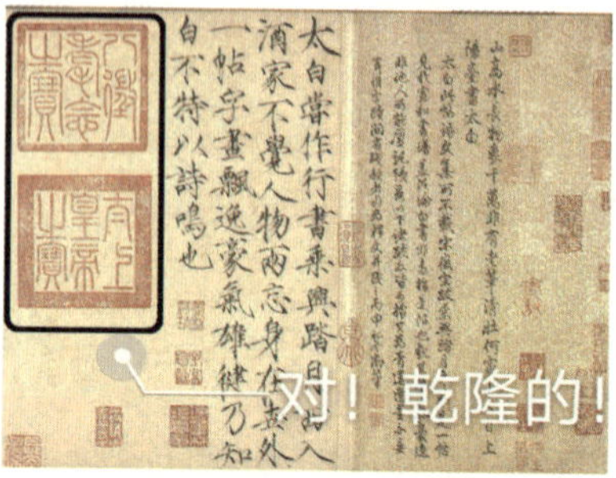

包仔

没想到乾隆是那时候的弹幕狂魔啊！

包仔

话说李白和杜甫、高适同框了？

咕咕

嗯嗯，三颗明星齐聚首，亮瞎眼了！

包仔

真是伟大的时刻！那他们做了什么？

咕咕

744年，李白被赐金放还，在洛阳遇到杜甫，然后又在河南碰上高适。你说拿着巨款的李白会做什么？当然是散金啊。反正李白觉得“千金散尽还复来”。

包仔

怎么个散法？

包仔、咕咕私聊

咕咕

旅游啊，喝酒啊，诗人相交最喜欢有山有水、有诗有酒。他们去游梁园，登王屋山上阳台观，第二年春天还去了济南，感情好得不得了！

包仔

怎么个好法？

咕咕

杜甫

醉眠秋共被。（咕咕注解：喝醉了同盖一张被子！）
忆与高李辈，论交入酒垆。（咕咕注解：喝！喝！喝！）
两公壮藻思，得我色敷腴。（咕咕注解：两位大哥文采了得，听得我乐开花！）

李白

思君若汶水，浩荡寄南征。（咕咕注解：杜甫小弟，想你！想你！想你！）

咕咕

不过，后来李白与高适友谊的小船还是翻了，想了解个中缘由，请扫描《出版前言》中的二维码收听音频。

《送友人》：浮云游子意，落日故人情

全网广播：745年，李隆基封杨玉环为贵妃，杨门也得以显贵。

李白

讨厌离别，但总要面对离别……

送友人

青山横北郭，白水绕东城。
此地一为别，孤蓬万里征。
浮云游子意，落日故人情。
挥手自兹去，萧萧班马鸣。

745年

♡ 贺知章，张旭，孟浩然，杜甫，高适，岑勋，元丹丘，汪伦，王昌龄，崔成甫，孔巢父，陶沔，郭子仪，宋之悌，宋若思

元丹丘：哪位友人那么隐秘啊？还不具名！大家一起晒晒太白给你们的诗，来掂掂自个的分量。

杜甫：飞蓬各自远，且尽手中杯。太白送我要喝酒。

宋之悌： 平生不下泪，于此泣无穷。太白从不流泪，为送我都哭了！

王昌龄： 我寄愁心与明月，随君直到夜郎西。太白的心一直跟着我！

孟浩然： 孤帆远影碧空尽，唯见长江天际流。我都没影了，太白还不肯走。

汪伦： 桃花潭水深千尺，不及汪伦送我情。太白对我，不是，我对太白情深千尺。失礼了，没保持队形。

李白： 我真是个香饽饽！

< 搜一搜 搜索

朋友圈　文章　公众号　小程序

圈子 >

白水： 清澈的水。　**蓬：** 一种植物，干枯后根株断开，遇风飞旋，也称“飞蓬”。这里喻指远行的朋友。　**班马：** 离群的马，这里指载人远离的马。

诗意： 青翠的山峦横卧在城墙的北面，波光粼粼的流水环绕着城的东边。在此地我们相互道别，你就像孤蓬那样随风飘荡，万里远行。浮云像游子一样行踪不定；夕阳徐徐下山，似有留恋，如你我的心情。频频挥手作别，从此离去，马儿也为惜别声声嘶鸣。

附近的人

孔巢父、陶沔　二人皆是唐朝名士，与李白一同隐居竹溪，同列“竹溪六逸”

岑勋　李白好友

元丹丘　著名隐士，李白挚友

汪伦　李白粉丝

崔成甫　李白好友，李白为他的《泽畔吟》写序

郭子仪　唐朝名将，平定安史之乱，与李白互有救命之恩

宋之悌　唐著名诗人宋之问族弟，李白好友

宋若思　宋之悌之子，曾助李白摆脱牢狱之灾

敲黑板喽！意象详解

云：浮云无根，漂泊不定，用来比喻离家远行、四海为家的游子。如这首诗中的“浮云游子意”。

浮云蔽日，使天色阴沉，因此浮云也比喻遮蔽事实、真相的某种外部力量。

浮云瞬息万变，所以也比喻变化的快速，如白云苍狗。

音频

为何功高盖世的郭子仪愿辞官保住犯了附逆罪的李白呢?

《别董大（其一）》：是金子，在哪儿都会发光

高适

兄弟，你真的不用愁。

别董大（其一）

千里黄云白日曛，
北风吹雁雪纷纷。
莫愁前路无知己，
天下谁人不识君？

747年冬

@ 提醒谁看：董庭兰

♡ 董庭兰，王之涣，王昌龄，李白，杜甫，岑参，张九皋，哥舒翰

董庭兰：说得好！理想在前方，路在脚下！

王之涣：说得好！真豁达！

王昌龄：说得好！天大地大，到处闯一下，何愁功业不成？

高适回复王昌龄：我准备三度出塞。

王昌龄回复高适：无限量支持！

李白：诗好，个性更好！

高适回复李白：太白谬赞。有空来我这儿坐坐嘛！我来做东，约上子美，我们三人再次同游。

杜甫回复高适：好啊好啊，你约好太白，我必到。

搜一搜

搜索

朋友圈　　文章　　公众号　　小程序

圈子 >

作者：高适（704—765），字仲武，号达夫。唐朝著名边塞诗人。

董大：姓名不详。有一说指董大是董庭兰，因他在兄弟中排行第一，故称“董大”。

诗意：千里黄云遮蔽天际，日色暗淡灰沉，北风劲吹，大雁南飞，大雪纷纷。不要担心茫茫前路没有知己，您的大名传遍天下，又有何人不认识您呢？

附近的人

董庭兰	唐朝著名琴师，高适好友
李白、杜甫	曾与高适同游梁宋之地

附近的人

张九皋 张九龄弟弟，曾举荐高适

哥舒翰 唐朝名将，曾任命高适为其掌书记，辅助其在安史之乱中守潼关

包仔、咕咕私聊

咕咕

你看高适这首送别诗，没有太多的离愁别绪，反而充满了对朋友的鼓励，正是他这种积极成就了他的大事业。等我带你看看，他是怎样逆袭成功的。

咕咕

开元十一年（723）

李白

前两年，我被大文豪苏颋看好，也是时候出去浪了。

王维

前两年，我就任太乐丞，可惜啊，受牵连被贬，也总算风光过。

杜甫

我还小，不过我前几年就会写诗了，过两年我就要壮游各地去也。

高适

我准备耕田。

包仔、咕咕私聊

咕咕

开元十九年（731）

高适

我不耕田了，我要出塞！

咕咕

开元二十三年（735）

高适

我要考试，我要高中，我永不放弃！落第了……没事，去游历，长见识，攒经验。

咕咕

天宝三年（744）

高适

和太白、子美同游，太荣幸了！你们都那么优秀，我要更加努力！

咕咕

天宝八年（749）

高适

得睢阳太守张九皋的举荐任封丘尉，万分感谢！

咕咕

天宝十一年（752）

高适

拜迎长官心欲碎，鞭挞黎庶令人悲。对上奉迎，对下欺压，不干了！再出塞！

包仔、咕咕私聊

咕咕

安史之乱

王维

安禄山抓了我，我不从就要死，只能假意接受，装病躲避。

杜甫

我跑，我去找皇上！

李白

永王李璘找我，我跟他混了。

高适

哥舒翰，我和你一起守潼关，上啊！汗，失守了，我去找皇上，跟他讲怎样破敌。皇帝派我跟李亨，李亨派我去平乱，上啊！太白，你怎么在叛军阵营，不管了，上啊！汗，睢阳被围，上啊！汗，蜀地又有叛乱，上啊！

王维

心累，我半官半隐度余生算了。

杜甫

穷啊，起茅屋都没钱，帮帮我吧。

李白

仲武，救我，我被关了！仲武你别走啊！

高适

@杜甫　子美，来，给你钱去盖房子！我五十多岁才开始走运，当了节度使，还封了渤海县侯，以后我来照顾你。

包仔、咕咕私聊

包仔

哇！高适的后半生就像开挂一样！

咕咕

性格决定命运啊。

《闻王昌龄左迁龙标遥有此寄》：朋友，我永远祝福你

朋友的新动态

李白

少伯，虽然山高路远，但兄弟我一直都在！

闻王昌龄左迁龙标遥有此寄

杨花落尽子规啼，
闻道龙标过五溪。
我寄愁心与明月，
随君直到夜郎西。

扬州

♡ 王昌龄，杜甫，岑参，孟浩然，王维

王昌龄：太白一首诗，远胜晕船药！

孟浩然：唉……少伯一定要保重啊！

王昌龄回复孟浩然：浩然，你还关心我？你不怪我？

孟浩然：因缘际会而已，别上心。

李白：我没眼花吧？王摩诘竟然给我点赞？

王维回复李白：别多想，给少伯的。

曹植：有我"愿作东北风，吹我入君怀"这句的味道哦。

明·胡应麟：贺监说你是谪仙人，果然名不虚传！

搜一搜 搜索

朋友圈 文章 公众号 小程序

圈子 >

左迁：贬谪，降职。古人尊右卑左，因此把降职称为左迁。

杨花：柳絮。 **龙标**：县名，诗中指王昌龄。古时习惯以官职和任官的地名来称呼人，因此王昌龄常被称作王龙标。 **夜郎**：唐朝在今贵州桐梓和湖南沅陵等地设过夜郎县。诗中的夜郎在湖南怀化境内。

诗意：在杨花落尽、子规啼鸣之时，我听说你被贬为龙标尉。龙标地处偏远，要经过五溪。我把我的担忧和牵挂寄托给明月，希望它能一直陪你顺利抵达夜郎以西。

王昌龄、孟浩然私聊

诗家夫子王昌龄

浩然，我对你心中有愧啊！你的背疽本来快好了，如果不是我去襄阳找你，你就不用设宴招待我，也就不会旧患复发，溘然辞世了！

任性的孟浩然

明明就是我自己嘴馋，逮到个机会就迫不及待地开戒喝酒吃海鲜。你不知道，治这病真把我给憋坏了！要是让我重来一遍，我也还是吃完再算。

诗家夫子王昌龄

你这纯粹是安慰我。等你病全好了，不就可以要吃吃要喝喝了吗？

任性的孟浩然

谁知道明天和意外哪个先到！我反而要谢你，起码让我在离开前吃饱喝足，美美地享受了一顿大餐。重点是，见到你了！少伯，我担心你啊！这么多年来，你从北到南，颠沛流离，只愿这一路沙尘不会磨蚀你的心。

诗家夫子王昌龄

浩然放心，我还是那句，一片冰心在玉壶。

任性的孟浩然

好句，一定能名垂千古！想当初我进不了官场还觉得有点遗憾，如今回想起来，反而有点小庆幸，起码是多了不少自在，少了很多折腾。你这份罪，我可受不了！我真心佩服你啊，少伯！

诗家夫子王昌龄

敲黑板喽！意象详解

子规：又叫杜鹃、布谷、杜宇、望帝、蜀鸟、蜀魄、催归等。

相传周朝末年蜀国君主杜宇禅位退隐，死后化为杜鹃，在春末夏初日夜啼叫，直至口中流血。其叫声哀怨悲凄，听起来像“不归不归”或“不如归去”。所以诗中出现子规，通常都为表达哀伤、悲切的心情，而产生这种情绪的原因有很多，有的是伤春、惜春，有的是思乡盼归，有的是亡国之痛，有的是境况凄凉，要结合诗的主题来理解。

子规还有另外一种与上述感情基调完全不同的意象。因为望帝杜宇在位时常教导百姓如何种植庄稼，叮嘱人民要遵循农时，所以也有人觉得杜鹃的叫声近似“布谷”。此时，子规的叫声又成了催人勤劳播种的号角了。

音频

与李白同龄且同样叱咤诗坛的王维，为何在历史记载里与李白零互动呢？

《采莲曲（其二）》：美人与芙蓉，傻傻分不清

王昌龄

这世上没有不美的地方，只是缺乏发现美的眼睛。

采莲曲（其二）

荷叶罗裙一色裁，
芙蓉向脸两边开。
乱入池中看不见，
闻歌始觉有人来。

748年 · 龙标

@ 提醒谁看：采莲的阿朵

♡ 高适，李白，岑参，采莲的阿朵

高适：少伯不但豪气干云，连写美人也如此出色。

李白：见少伯在龙标如此安乐，我也放心了。

王昌龄回复李白：这里有凉风美酒、荷塘竹林，关键是还

朋友圈

有一群朋友相伴、饮酒唱歌，确实快哉。

采莲的阿朵：先生写得真好！下回采莲就和姊妹们唱这首。

王昌龄回复采莲的阿朵：由姑娘唱诵是在下的荣幸。

搜一搜

搜索

朋友圈　文章　公众号　小程序

圈子 >

罗裙： 丝罗制的裙子，泛指妇女的衣裙。　**芙蓉：** 荷花。

诗意： 采莲少女的绿罗裙仿佛与田田荷叶用一色衣料剪裁而成，少女的脸庞与盛开的荷花相互映照，争相斗艳。碧罗裙、芙蓉面掩映在荷花池中，人花难辨，直到听见歌声才发觉有美人采莲。

包仔、咕咕私聊

包仔

看了这首诗就觉得龙标肯定很美，我要叫爸爸妈妈带我去。

咕咕

嗯……问题是，龙标在哪里，到现在还没一个定论。

包仔、咕咕私聊

包仔

啊？怎么会？

咕咕

因为从古至今，中国的行政区划总是变来变去，很容易搞混。比如龙标这个地方，多数人认为是在现在的湖南省洪江市，也就是过去的黔阳故地黔城；不过贵州省锦屏县的隆里镇人则认为他们那儿才是唐代的龙标，因为那里有龙标书院、状元桥、状元墓等古迹。

包仔

好晕！要是古代有GPS定位就好了。

咕咕

还有王昌龄送别辛渐的芙蓉楼，也有镇江和洪江两处芙蓉楼在争，但因为王昌龄一共写了两首《芙蓉楼送辛渐》，在第二首里提到了丹阳城，所以才确定是在镇江的那个。

包仔

这有什么好抢的。

咕咕

抢旅游资源啊。好比你要去龙标，那你是要去哪一个呢？

包仔

都去啊！祖国大好河山，去哪儿都不亏。

敲黑板喽！意象详解

荷花：又称芙蓉、芙蕖、菡萏等。荷花高雅脱俗，以荷花美好的形象代指美女，例如形容女子面如芙蓉；或以荷花营造幽雅、宁静、欢愉的艺术氛围。

芙蓉出污泥而不染，借此托物言志，寄寓不愿同流合污的高尚节操。

取败荷的形象，感叹光阴消逝、环境破败、境遇不济等。

《山居秋暝》：春芳随意歇，秋景也留人

王维

我情愿留在这里。

山居秋暝

空山新雨后，天气晚来秋。
明月松间照，清泉石上流。
竹喧归浣女，莲动下渔舟。
随意春芳歇，王孙自可留。

@ 提醒谁看：裴迪

♡ 裴迪，杜甫，孟浩然，卢象，崔兴宗，李颀，张九龄，祖咏，王缙，宋之问 

裴迪：留下来看秋色，自是极好。

王维回复裴迪：我还有几首诗给你，看私聊。

裴迪回复王维：看到了，我也回复了同名诗给你。

王维回复裴迪： 辋川胜景无数，有取之不尽的诗材。

裴迪回复王维： 嗯嗯！我还想写鹿柴、华子冈、文杏馆、白石滩、辛夷坞、椒园……太多太多了！

王维回复裴迪： 干脆一景一诗。

裴迪回复王维： 好主意！

宋之问： 我的辋川别业漂亮吧？看你写的诗，肯定住得很舒服。

搜一搜

搜索

朋友圈　文章　公众号　小程序

圈子 >

暝（míng）： 日落，天色将晚。　**喧：** 喧哗，这里指竹叶发出沙沙声响。　**浣（huàn）女：** 洗衣服的姑娘。

诗意： 空旷的山谷里刚下了一场清新的小雨，初秋傍晚的天气特别凉爽。幽静的松林间有明月映照，山石上有清澈的泉水淙淙流淌。竹林沙沙作响，原来是少女们洗衣归来；莲叶轻摇，原来是上游的轻舟顺流而下。就算春天的美景已经消逝，眼前的秋景也足以让人流连忘返。

附近的人

杜甫　王维好友，曾与其同朝为官

崔兴宗　唐朝诗人，王维的内弟兼朋友

卢象、祖咏　二人皆是唐朝诗人，曾与王维诗歌唱酬

宋之问　唐朝著名诗人，王维购买其产业作为闲居的辋川别墅

包仔，咕咕私聊

包仔

王维和裴迪有很多互动哦。但是这个裴迪，我好像没怎么听说过。

咕咕

裴迪的名气不大，却是王维最好的朋友，没有之一哦。虽然他们两个年龄、身份悬殊，但是志趣相投。他们都一心向佛，潜心山水，成就了一段佳话呢。

包仔

怎么个悬殊法？

咕咕

王维比裴迪大十五岁，因为无心官场，所以就买了终南山下的辋川别墅来隐居。裴迪当时只不过是个秀才，在辋川陪着王维看风景、写诗，还把写的诗合编成《辋川集》。

包仔

只是看风景、写诗就能那么铁了吗？

咕咕

当然不止这样。裴迪还救过王维的命呢！安史之乱时，王维来不及跑路，被安禄山软禁了，还被迫接受了安禄山给的官职。大唐天子打赢后要秋后算账，你猜会怎么做呢？

包仔、咕咕私聊

包仔

杀头？那裴迪怎么救王维？

咕咕

李亨

这个王维，亏我们以前对他这么好，居然接受伪职，关起来，等人齐后统统砍了。

王缙

皇上息怒，臣愿削掉官职为兄长赎罪。

崔圆

皇上息怒，王维画画漂亮，人才啊！

裴迪

皇上息怒，王维接受伪职是迫于无奈的，他的心一直忠于大唐。

李亨

哦，何以见得？

裴迪

当时他被关在菩提寺，臣去探望他，他写了一首《凝碧诗》，可谓字字泣血！“万户伤心生野烟，百官何日再朝天？秋槐叶落空宫里，凝碧池头奏管弦。”

李亨

百官何日再朝天……果然还是心系大唐。好，赦了，授其太子中允。

裴迪

皇上英明！

包仔、咕咕私聊

包仔

哇，幸亏裴迪记性好，要是忘记了，王维就一命呜呼了。

咕咕

其实，唐肃宗赦免王维也有他自己的考虑。不过，王维、裴迪确实是生死之交。王维去世以后，裴迪就不再去辋川了，而是去了四川当幕僚，以免睹景思人。虽然他们的缘分画上了句号，但这段友情却传唱至今。

敲黑板喽！意象详解

王孙：原指贵族子弟，后来也泛指隐居的人。谢朓《王孙游》："绿草蔓如丝，杂树红英发。无论君不归，君归芳已歇。"意思是等你回来时春芳已歇、春光不在了。《楚辞·招隐士》："王孙兮归来，山中兮不可久留。"意思是王孙公子快出山入仕吧。但是，王维却反其道而行之，他说"春芳"可以"随意"歇去，春光虽逝，秋景亦佳，山中的秋景就足以让王孙留下。换句话说，就是我已厌倦官场，情愿在山野归隐。

《鹿柴》：诗画治病，不服不行

王维

裴十，这是第几首了？

鹿柴

空山不见人，
但闻人语响。
反景入深林，
复照青苔上。

@ 提醒谁看：裴迪

♡ 裴迪，卢象，李颀，祖咏，宋之问，宋·苏轼

裴迪：摩诘这么快啊，等我来和一下。日夕见寒山，便为独往客。不知深林事，但有麏麚迹。

王维回复裴迪：好，等我们写完余下的十几处胜景就结集吧。

裴迪回复王维：我觉得单有诗还不够，摩诘的画也是一绝，何不画出来？

王维回复裴迪：好！待我到清源寺便将此间胜景一一绘出。

宋·苏轼：味摩诘之诗，诗中有画；观摩诘之画，画中有诗，不单蓝田烟雨图，每一幅皆是妙绝啊。

宋·高符仲：坚持天天看《辋川图》，没病保健康，有病保痊愈。

宋·秦观回复宋·高符仲：谢高兄推荐！我一直拉肚子，只能卧床休养。我看着你送来的《辋川图》，读着摩诘的诗，就像跟着摩诘游遍了辋川各大胜景，没几天就全好了！真是躺着也能旅游治病啊！

搜一搜 搜索

朋友圈 文章 公众号 小程序

圈子 >

柴（zhài）：通“寨”，用树木围成的栅栏。 **返景**：指太阳将落时通过云彩反射的阳光。 **麕麚**（jūn jiā）：泛指鹿类动物。

诗意：山中空旷寂静看不见人影，但能听见说话的声音。夕阳的金光斜射入深林，照映在幽暗处的青苔之上。

附近的人

苏轼 赞誉王维诗中有画，画中有诗

高符仲 北宋名医，秦观的朋友，用王维的画辅助治病

秦观 北宋著名词人，苏轼弟子，被王维的诗画治愈肠澼之疾

包仔、咕咕私聊

包仔：画能治病？这也太扯了吧？

咕咕：哈哈，你别不信。秦观特地把这件事写成《书辋川图后》，还把这篇文章收录在他编纂的《淮海集》里。王维的画栩栩如生，意境非凡，让人忘却烦恼和染病的痛苦，这也算是一种安慰疗法哦。

包仔：嗯……看画治病，这是不是有点像“望梅止渴”呢？

咕咕：有点那意思。人的精神力量是很奇妙的，有时候脆弱得不堪一击，有时候却强大得无坚不摧。南北朝有个叫宗炳的画家，他年轻时是个旅游达人，到老了走不动了，但他依然有办法游历名山大川。

包仔：什么办法？

包仔、咕咕私聊

咕咕

卧游。就是躺着旅游。古人不像我们现在这样有火车、飞机，可以来一趟说走就走的跨境远游。于是，有一些文人就练就了一个本领，能透过山水画来体悟山水、感知自然，他们的心真的可以在那青山绿水间畅玩哦。这就是境界！

包仔

我做梦的时候还上过太空呢……

咕咕

算我对牛弹琴。

敲黑板喽！意象详解

青苔：青苔生长于阴暗潮湿的地方，带有苍凉荒芜之感，多用来感叹年华逝去、繁华落尽，抒发寂寞孤寂或思念之情等。

青苔生命力顽强，因此也象征着不畏艰苦的坚韧品格。

青苔色泽翠绿，在山中很常见，于山中归隐的诗人很喜欢以青苔入诗，表达隐逸闲适之情。

青苔相较于高大的树木、艳丽的鲜花是很不起眼的，所以也有诗人用青苔抒发怀才不遇的感慨。

《送元二使安西》：谱就送别名曲《阳关三叠》

朋友的新动态

王维

朋友离别总是让人伤感

送元二使安西

渭城朝雨浥轻尘，客舍青青柳色新。
劝君更尽一杯酒，西出阳关无故人。

@ 提醒谁看：元常

♡ 元常，高适，裴迪，綦毋潜，储光羲，李颀，晁衡

元常：谢谢摩诘，估计我的名字能被后世人记住了。

高适：送别而已，不需要如此感伤啊，学我那句“天下谁人不识君”吧。

王维回复高适：回你自己的圈发，蹭我流量。

綦毋潜：摩诘的送别诗写得真好！我也时时吟诵你给我的

"吾谋适不用，勿谓知音稀"啊。

晁衡："别离方异域，音信若为通"也是王君写给我的呢。

白居易：借来用用。"相逢且莫推辞醉，听唱《阳关》第四声。"

搜一搜 搜索

朋友圈 文章 公众号 小程序

圈子 >

安西：指唐代安西都护府，在今新疆库车附近。 **渭城：**今陕西西安西北，渭水北岸。即秦朝咸阳古城。 **浥（yì）：**润湿。 **阳关：**汉朝设置的边关名，故址在今甘肃敦煌西南，与玉门关同是通西域的要道。因在玉门之南（古代山之南为阳），故称阳关。

诗意：清晨下起了细雨，打湿了渭城的泥尘。暂居的旅舍周围，柳树显得分外青翠清新。朋友啊，请你再喝一杯送别的酒吧！因为当你西行离开了阳关，就再也见不到老朋友了。

附近的人

元常 王维好友，即诗中的元二

高适、裴迪、储光羲、李颀 王维好友

綦（qí）毋潜 唐朝诗人，王维好友，王维曾赠诗《送綦毋潜落第还乡》

晁衡 本名阿倍仲麻吕，日本遣唐使，王维在其归国前赠诗《送秘书晁监还日本国》

诗坛大咖闲聊群（47）

包仔

请教各位大咖！名字叫二，在我们这个时代会被人起绰号、被人笑话的，你们那时候不会吗？

咕咕

当然不会。那时候就是流行用姓氏加兄弟中的排行来互相称呼的，而且是以同曾祖的兄弟来排序，号数越多，就说明这家族越庞大。来，让各位大诗人报个号。

白居易

我是白二十二。

刘禹锡

我是刘二十八。

杜甫

我是杜二。

李白

我是李十二。

高适

我是高三十五。

诗坛大咖闲聊群（47）

岑参

我是岑二十七。

包仔

我懂了！我懂了！我是独生子，那我就叫包一。包第一，哎哟喂，太好彩头了！

高适

如果是排行老大，一般会用“大”来称呼，比如我写的《别董大》。

岑参

还有我写给王昌龄的《送王大昌龄赴江宁》。

包仔

原来我叫包大！那女孩子呢？也是这样排吗？

咕咕

唐宋时期的女子一般都不起大名，而是以其在兄弟姐妹中的排行顺序，叫作“某某娘”，就像杜甫写的《观公孙大娘弟子舞剑器行》这样。当然，有部分女子也有大名，像著名才女薛涛、上官婉儿等。

包仔

这种叫法一直持续到什么时候？

诗坛大咖闲聊群（47）

咕咕

到了元朝，又出现了另一种以数字起名字的方法。有书记载说，元朝的名字制度是普通老百姓都不能起名字，只能用行第和父母年龄合计为名字。比如明太祖朱元璋起初是叫作朱重八，他的祖父叫朱初一，父亲叫朱五四，等等。起数字名的风俗一直保持到清朝末年呢。

包仔

嘻嘻，涨姿势了。

《将进酒》：融进酒里的满腔豪纵狂放

全网广播：752年，李林甫卒，杨国忠继任右相。

李白

不用多说，都在酒里，喝！再喝！继续喝！

将进酒

君不见，黄河之水天上来，奔流到海不复回。
君不见，高堂明镜悲白发，朝如青丝暮成雪。
人生得意须尽欢，莫使金樽空对月。
天生我材必有用，千金散尽还复来。
烹羊宰牛且为乐，会须一饮三百杯。
岑夫子，丹丘生，将进酒，杯莫停。
与君歌一曲，请君为我倾耳听。
钟鼓馔玉不足贵，但愿长醉不复醒。
古来圣贤皆寂寞，惟有饮者留其名。
陈王昔时宴平乐，斗酒十千恣欢谑。
主人何为言少钱，径须沽取对君酌。
五花马，千金裘，
呼儿将出换美酒，与尔同销万古愁。

♡ **杜甫，岑勋，元丹丘**

岑勋：哈哈，不小心进了太白的诗，这是要千古留名的节奏啊。

元丹丘：哎呀，曝光度噌噌涨，我这隐士想低调也低调不成了。

杜甫：李白一斗诗百篇，长安市上酒家眠。天子呼来不上船，自称臣是酒中仙。太白喝好了，张嘴就成诗！

余光中：酒入豪肠，七分酿成了月光，余下的三分啸成剑气，绣口一吐就半个盛唐。

搜一搜 搜索

朋友圈 文章 公众号 小程序

圈子 >

将（qiāng）：请。将进酒意为请喝酒，即劝酒歌，这是乐府旧题。 **高堂**：房屋的正室厅堂。 **会须**：应当。 **钟鼓**：富贵人家宴会中奏乐使用的乐器。 **馔（zhuàn）玉**：形容食物如玉一样精美。 **陈王**：陈思王曹植。 **径须**：干脆，只管。 **沽**：买。 **五花马**：名贵的马。一说毛色作五花纹，一说颈上长毛修剪成五瓣。 **裘**：皮衣。

诗意：你可见黄河水从天上流下来，波涛滚滚直奔东海永不回流。你可见有人对着高堂明镜悲叹，早上满头黑发晚上就如白雪。人生得意时就要尽情享乐，不要让金杯空对皎洁的明月。上天造就了我的才干必定有用，即使钱花光了也还会有的。姑且煮羊宰牛尽情欢乐吧，一气喝他三百杯也不嫌多。岑勋、元丹丘啊，快喝酒啊，不要停啊！我为在座各位朋友高歌一曲，请你们一定要侧耳倾听。富贵人家的豪华生活有什么稀罕的？我宁愿永远沉醉酒中不清醒。自古以来，圣贤都是孤独寂寞的，只有会喝酒的人才能留传美名。当年陈王曹植在平乐观设宴，一斗美酒值万钱，喝得多开心啊！主人家，你为什么说我钱不够呢？你尽管拿这些钱去买酒来一起喝。什么名贵的五花良马、昂贵的千金皮衣，快叫侍儿拿去统统换成美酒，与你一醉解千愁！

敲黑板喽！意象详解

酒：对于诗人来说，什么时候什么场合都能喝酒。人有喜怒哀乐，那么酒也有喜怒哀乐，所以酒就是一种非常适合抒情的意象：

表达心中的畅快，喝！排解心中的郁结，喝！

发泄愤恨与不平，喝！哀悼家国、自身的不幸，喝！

朋友来了有好酒，喝！朋友走了不舍得，还是喝喝喝！

有情绪就有酒，酒能放纵、夸大它，也能安抚、消弭它。

《古朗月行》：月亮啊月亮，你还是那个月亮吗

李白

 蟾蜍吞月，好黑啊！

古朗月行

小时不识月，呼作白玉盘。
又疑瑶台镜，飞在青云端。
仙人垂两足，桂树何团团。
白兔捣药成，问言与谁餐。
蟾蜍蚀圆影，大明夜已残。
羿昔落九乌，天人清且安。
阴精此沦惑，去去不足观。
忧来其如何，凄怆摧心肝。

玉兔：我的长生药当然是给谪仙人啊。

嫦娥：“仙人”说的是我吗？我有头有脸的，只写脚是几个意思？你写月亮，干吗扯上那个射太阳的？

羿：我一个射太阳的，太白在咏月诗里点我名，不是给我拉仇恨吗？

三足蟾蜍回复嫦娥：你郁闷什么？我从你的化身、月的代称变成了吞月的恶兽，我是有多被嫌弃……

吴刚：谪仙太白不写我，肯定是心疼我砍树太累，特赦我休息半天。

杜甫：太白真是“笔落惊风雨，诗成泣鬼神”！

安禄山：小心说话！

< 搜一搜 搜索

朋友圈 文章 公众号 小程序

圈子 >

言：语气助词，无实义。 **圆影**：指月亮。

诗意：小时候不认识月亮，叫它白玉盘，又怀疑是瑶台仙镜，飞在夜空青云之上。我看见月中的仙人垂着双脚，月中的桂树为什么是圆圆的？月中的白兔，请问你捣仙药给谁吃呢？蟾蜍把圆月啃食得残缺不全，令皎洁的月儿晦暗不明。羿射下了九个太阳，使天上人间清明安宁。月亮已经沦没，走吧，没什么好看的了！但其实我还是忧心忡忡，这份凄怆让我肝肠寸断。

敲黑板喽！意象详解

玉兔捣药：传说月亮中有一只兔子，浑身洁白如玉，所以也称作“玉兔”。玉兔拿着玉杵跪地捣仙药，服用此药能长生不老。因此，玉兔成了月亮的代名词。而在道教典故中，玉兔常与金乌（太阳）相对，表示金丹修炼的阴阳协调。

吴刚伐桂：相传有西河人吴刚，因学仙术时犯错而被罚在月宫砍伐一棵高五百丈的桂树，但不管怎么砍，树创都随即愈合，桂树始终不倒。因此，在古诗文中，吴刚是因犯错而受罚或想通过受罚得到救赎的形象，代表着永无止境的痛苦、孤寂和徒劳无功的无奈。

桂树/蟾宫折桂：传说月中有桂树，所以桂树也是月亮的代称。

桂花香味浓郁，古人常用香草、香花来比喻品德高洁的人。

月宫中的桂树高高在上且难以折断，因此古人用蟾宫折桂来比喻科举中试。

蟾蜍吞月：传说月亮中有三条腿的蟾蜍，也有一种说法是嫦娥奔月后化身为蟾蜍，因此古人认为蟾蜍是月精，古文中常用蟾蜍代指月亮，将月宫称为蟾宫。所以，蟾蜍是仙物，代表着吉祥、长寿。

后来，蟾蜍与嫦娥分离，成为月中灵兽。到了汉代，“蟾蜍吞月”的说法已经盛行，蟾蜍又成为吞噬光明的邪恶力量。

大羿射日：相传远古时代，本应轮流到天上执勤的十个太阳一起出现，导致大地草枯土焦，猛兽出没，百姓苦不堪言。神射手羿受命于尧帝，射下九个太阳，射杀害人的猛兽，让百姓得以安居乐业。因此，羿是英雄的象征，也代表理想的男性形象。

《白雪歌送武判官归京》：边塞奇雪送君高就

岑参

祝鹏程万里，前程似锦！

白雪歌送武判官归京

北风卷地白草折，胡天八月即飞雪。
忽如一夜春风来，千树万树梨花开。
散入珠帘湿罗幕，狐裘不暖锦衾薄。
将军角弓不得控，都护铁衣冷难着。
瀚海阑干百丈冰，愁云惨淡万里凝。
中军置酒饮归客，胡琴琵琶与羌笛。
纷纷暮雪下辕门，风掣红旗冻不翻。
轮台东门送君去，去时雪满天山路。
山回路转不见君，雪上空留马行处。

@ 提醒谁看：武判官

♡ 武判官，杜甫，高适，王维，王昌龄，储光羲，薛

据，颜真卿，封常清

武判官：承您贵言！我先回京，应该很快也轮到你了。

杜甫：想起那年我们一起登慈恩寺塔了。

薛据：是啊，如今我们四散，不知何时再聚。

储光羲：好怀念诸君啊。

高适：我从河西，你从北庭，皆是建功立业的好机会，加油！

颜真卿：你的送别诗还是如此豪迈！

< 搜一搜 搜索

朋友圈 文章 公众号 小程序

圈子 >

作者：岑参（shēn）（约715—770），唐朝著名边塞诗人，与高适并称“高岑”。

判官：官职名。唐朝节度使等朝廷派出的持节大使，可委任幕僚协助判处公事，称判官，是节度使、观察使一类的僚属。

白草：西北的一种牧草，晒干后变白。　**角弓：**两端用兽角装饰的硬弓。　**都护：**镇守边镇的长官。　**瀚海：**沙漠。　**中军：**指代主将或指挥部。古时分兵为中、左、右三军，中军为主帅的营帐。　**辕门：**军营的门。古代军队扎营，用车环围，出入处以两车车辕相向竖立，如门状。　**轮台：**唐轮台在今新疆米泉，与汉轮台不是同一个地方。

诗意：北风席卷了大地吹折了白草，虽然是仲秋八月，但胡地突降大雪。仿佛一夜之间春风吹来，冰雪凝结在树上有如梨花竞相开放。雪花飘入帘帐打湿布幕，就算穿上狐皮袍子、盖上锦缎被子也不觉暖和。大将军的兽角弓已经冻得拉不开了，都护的铠甲也冷得难以穿上。帐外无边的大沙漠已经结了厚厚的坚冰，惨淡的阴云凝结在半空。主帅在帐中摆酒为即将回京的人送行，并命人奏起胡琴、琵琶、羌笛来助兴。黄昏时，辕门外大雪纷飞，大风已吹不动被冻硬的红旗。在轮台东门外送你回京，临行时茫茫白雪已铺满山路。山路曲折，已不见你的身影，雪地上只留下马蹄的印迹。

附近的人

杜甫、高适、储光羲、薛据 四人皆为岑参好友，曾一起登慈恩寺塔

王维、王昌龄 岑参好友

颜真卿 唐朝名臣、书法家，岑参曾赠诗给他

封常清 唐朝名将，岑参长官

包仔、咕咕私聊

包仔

咕咕，高适说“我从河西，你从北庭”是什么意思啊？

包仔、咕咕私聊

咕咕

当时高适的上司哥舒翰是河西节度使，而岑参的长官封常清则是权知北庭都护。岑参当时送同僚回京，想到自己迟迟没有机会高升，心中有点郁闷，而高适的心态一向都很积极，当然要鼓励自己的老朋友努力建功立业啊。

包仔

嗯！这才是真正的好朋友！

咕咕

没错。其实，在岑参朋友圈点赞的那几个大诗人也是他很要好的朋友哦，他们曾经同游京城慈恩寺，登上寺里面的浮屠，一人写了一首长诗，可以说是当时诗坛的一段佳话。

咕咕

高适

秋风昨夜至，秦塞多清旷。千里何苍苍，五陵郁相望。（咕咕注解：苍茫啊！）

储光羲

哈哈，崱屴（zè lì）非大厦，久居亦以危。（咕咕注解：崱屴，高峻啊！）

岑参

誓将挂冠去，觉道资无穷。（咕咕注解：干脆辞官，信佛算了。）

包仔、咕咕私聊

薛据

各位都是大才啊，我也草草几句，不过估计后世未能流传。

杜甫

黄鹄去不息，哀鸣何所投。君看随阳雁，各有稻粱谋。（咕咕注解：贤能的人都被赶走了，哀号啊，无处投奔啊！趋炎附势的人则只顾逐利谋生。）

储光羲

子美这首可为压卷之作啊！

薛据

自愧不如啊！

岑参

写进我心坎里了！

高适

子美真是常怀家国！前路虽难，但我偏不信邪，无论如何也要再努力一把！

咕咕

这五位大诗人的诗都很长，全诗你可以在我系统里搜。

包仔

浮屠是什么？

咕咕

就是塔的意思。浮屠，原是梵文佛陀的音译，又指佛塔。他们登的那座塔，就是著名的大雁塔！

包仔

他们那么有才华，前途一定无可限量吧。

咕咕

恰恰相反。他们中除了最积极、最乐观的高适外，其他几位大诗人的仕途都不怎么顺利，高适也是到了五十多岁的时候才有好机遇。岑参本来出身于官宦世家，他的曾祖、伯祖、伯父都当过宰相，而他却终身郁郁不得志。我在音频里再跟你细说这位伟大的边塞诗人终于在晚年当上了四品官员后，是怎样在各个地方割据势力间挣扎求存，最后宁愿罢官求生的。

敲黑板喽！意象详解

雪： 白雪无瑕，象征着纯洁。

大雪纷飞，天气严寒，难以前行，象征着当下的困境和艰苦的生活环境，多用以抒发对自身处境的忧虑，对前程茫茫的感叹，对故乡、亲人的思念，对远行友人的不舍。

瑞雪兆丰年，象征着丰收，表达对百姓的关怀。

雪融春至，象征着希望。

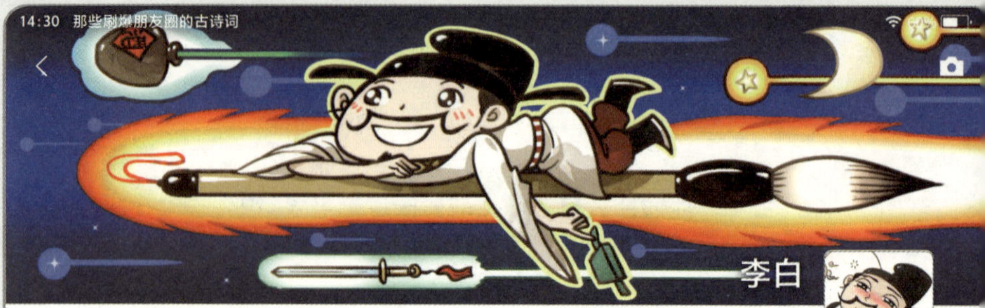

《赠汪伦》：唐朝教科书式追星典范

李白

蹭吃蹭喝了好多天，一直被热情款待，现在要走了，千叮万嘱不要送不要送，汪伦这小子还是要来送我，这番盛情叫我怎么回报呢？求助万能的票圈！快开船了，急，在线等！

张旭：你的草书已深得我神韵，留张字帖吧。

裴旻：来段即兴剑舞，捎带给他削个梨表示分离，仪式感满满。

贺知章：一切尽在酒中，隔空干一杯。

孟浩然：找人画幅画像，再签个名，寄过去。

元丹丘：可以留下一件信物。譬如太白喝过的酒杯、太白掉落的头发、太白养过的玉佩、太白润过的毛笔、太白擦过的汗巾……或者叫人缝一个太白人形抱枕。

汪伦：是我把谪仙骗来的，您肯来，我就已经高兴得要上天了！和谪仙同台吃喝，和谪仙同船游玩，这段做梦一样的经历，我能嘚瑟到入土前了！

杜甫：一诗胜千言，送首诗。

李白回复杜甫：

李白回复汪伦：

赠汪伦

李白乘舟将欲行，
忽闻岸上踏歌声。
桃花潭水深千尺，
不及汪伦送我情。

汪伦回复李白：我要截图打印裱起来！

搜一搜 搜索

朋友圈 文章 公众号 小程序

圈子 >

踏歌：唐代民间流行的一种手拉手、两足踏地为节拍的歌舞形式，可以边走边唱。

诗意：我准备乘船离开了，忽然听见岸上传来踏歌之声。那桃花潭水纵有千尺深，也比不上汪伦来送我的情谊深啊。

包仔、咕咕私聊

包仔

为什么汪伦说他骗了李白呢？

咕咕

汪伦是李白的超级粉丝，大胆地写了封信约见自己偶像。

包仔

啊？不认识的？那李白也敢去？

咕咕

他在信里说，先生喜欢旅游是吗？这里有十里桃花。先生喜欢喝酒对吧？这里有万家酒店。这就是汪伦高明之处——摸准了李白的胃口啊。

包仔

哇！十里桃花，万家酒店，什么地方那么赞？

咕咕

那里是泾县，现安徽皖南一带。不过，等李白到了后，汪伦说，十里桃花并无花，他指的是桃花潭；万家酒店仅一家，只不过主人姓万。

包仔

汪伦是段子手啊？李白上当了不生气吗？

咕咕

李白还觉得他有意思呢。而且，汪伦真的是好酒好菜招待，带着李白到处游玩，等李白要走了，还拉着一村子人踏歌送行，这份深情厚谊，李白感动还来不及呢。

包仔

被暖到了！

《枫桥夜泊》：停泊片刻却留驻千古

全网广播：755年12月，安禄山和史思明发动安史之乱。

张继

身处乱世，无所居宿。

枫桥夜泊

月落乌啼霜满天，江枫渔火对愁眠。
姑苏城外寒山寺，夜半钟声到客船。

苏州城外枫桥

♡ 皇甫冉，刘长卿，高仲武，刘晏

皇甫冉：看了后我也想去姑苏城一游了。

刘长卿：不错，尤其是寒山寺，如此美景，不能错过。

高仲武：好诗，收入我的《中兴间气集》了。

寒山寺敲钟人：您睡不着，怪我咯。

宋·六一居士欧阳修：为了写出好句子就不顾实际，哪有三更半夜敲钟的？

张继回复**宋 · 六一居士欧阳修**：不服来辩。

清 · 俞樾：文化输出成功案例！日本文墨之士总爱提起寒山寺，还说他们那里的孩子个个都会背这首诗。

咕咕：一首诗让寒山寺成为网红打卡地，让多少画家、音乐家有了创作的好题材！

搜一搜

搜索

朋友圈 文章 公众号 小程序

圈子 >

作者：张继（生卒年不详），字懿孙，唐朝诗人。

姑苏：苏州的别称，因城西南有姑苏山而得名。 **夜半钟声**：当时有半夜敲钟的习惯，也叫“无常钟”或“分夜钟”。

诗意：月亮落下，乌鸦啼叫，寒气满天。我对着江边的枫树渔火忧愁而眠。姑苏城外那寂寞清静的寒山古寺，半夜敲钟的声音传到我的客船。

附近的人

皇甫冉 唐朝诗人，晋代高士皇甫谧的后人，张继好友

刘长卿 唐朝诗人，自称“五言长城”，张继好友

高仲武 唐朝诗选家，编有《中兴间气集》，收录张继诗作

刘晏 唐朝经济改革家，号称神童，曾提拔张继

欧阳修 北宋文学家、政治家，质疑张继的“夜半钟声到客船”不合常理

俞樾（yuè） 清朝著名学者，在《新修寒山寺记》中提及此诗在日本的影响

半夜敲不敲钟讨论组（8）

六一居士欧阳修

我来了，你来辩。夜半三更敲钟，吵死人吗？你们这些诗人为了写诗就连常理都不管了。

涛声依旧张继

我说你不信，找人跟你说。

涛声依旧张继邀请我是于鹄、江州司马白居易、八叉八韵温庭筠、金华陈岩肖加入群聊

我是于鹄

半夜敲钟很正常啊，我就写过“定知别后家中伴，遥听缑山半夜钟”。

江州司马白居易

嗯嗯，在下也写过“新秋松影下，半夜钟声后”。

八叉八韵温庭筠

算我一个，“悠然旅榜频回首，无复松窗半夜钟”。

60%

半夜敲不敲钟讨论组（8）

岩

金华陈岩肖

@六一居士欧阳修　欧阳前辈，我在姑苏当官的时候，每逢三鼓尽、四鼓初，各座寺庙钟声齐鸣，我想唐朝应该已经是这样了。

涛声依旧张继

@六一居士欧阳修　怎么样？

六一居士欧阳修　退出了群聊

敲黑板喽！意象详解

渔火/萤光：均是黑夜中的一点光，给人静谧、安宁、温馨的感觉，有一种宁静美；以这点微弱、闪烁的光洞照黑夜，也给人孤寂、凄凉的感觉，令人感怀身世或激起人心中的思念。

另外，萤光还表勤学苦读，如囊萤夜读；还象征自身虽渺小但仍竭尽全力。

《春望》：望山河依旧却物事全非

全网广播：756年，安禄山称帝，国号燕，潼关失陷，李隆基弃长安西奔入蜀，士兵拥太子李亨入灵武即位（是为唐肃宗），遥尊李隆基为太上皇。

杜甫

哀我盛世大唐！不忍顾望啊……

春望

国破山河在，城春草木深。
感时花溅泪，恨别鸟惊心。
烽火连三月，家书抵万金。
白头搔更短，浑欲不胜簪。

757年春 · 长安

杨氏：得知你平安就好。

杜甫回复杨氏：我真是愧为人父、人夫！劳碌半生，一事无成，害得儿子活活饿死！本想投奔明主，却被叛军俘虏押至长安，独留老妻承受种种痛苦！

王维：万户伤心生野烟，百官何日再朝天？子美，你还能看见我们的国都，而我则被置于东都洛阳的寺庙中……

杜甫回复王维： 摩诘，听说你又是痢疾，又是哑病，一定要保重啊！撑住，我们能等到的！

安西北庭节度使李嗣业： 一定收回失地！

朔方节度使郭子仪： 誓取安、史首级！

杜甫：  翘首以待！

六 搜一搜

搜索

朋友圈　文章　公众号　小程序

圈子 >

国： 国都，指长安（今陕西西安）。　**感时：** 为国家的时局而感伤。　**万金：** 虚数，比喻家书的珍贵。　**浑：** 简直。　**簪：** 一种束发的首饰。

诗意： 长安沦陷，只有山河依旧。春日里，人烟稀少的长安城荒草丛生。感伤国事，眼泪溅湿花瓣。鸟鸣惊心，徒增离愁别恨。连绵的战火已延续多时，家书难得，能抵万两黄金。愁绪缠绕，搔头思考，白发越搔越短，短得插不上簪。

附近的人

王维　与杜甫在安史之乱中同被俘虏

李嗣业　唐朝名将，曾在安史之乱中收复长安、洛阳，杜甫赠

诗《观安西兵过赴关中待命二首》

郭子仪 唐朝名将，间接促成杜甫逃离叛军的包围

杜家家族群（22）

杜审言

@杜甫 我杜审言的孙儿怎么弄得那么狼狈？咱杜家家大业大，哪能饿死孩子啊！

杜闲

爹，自从我病故之后，家里就没了收入来源，子美也很难！

杜甫

@杜审言 我已积极求进，可惜朝廷奸佞当道，如今还爆发了安史之乱……

杜闲

但你长期困居长安也不是办法！国难当头，应更思报国，危中亦有机啊！

杜甫

爹，放心。郭子仪大军来到长安城外，我已冒险从城西金光门逃出长安，穿过对峙的两军到达凤翔投奔皇上，皇上已授我左拾遗。

杜审言

呸！冒着生命危险投奔才授个从八品上的芝麻绿豆官，小气巴拉的，就这格局能玩多久？

杜家家族群（22）

杜闲

爹，虽然官不大，但也算是皇上身边的近臣，要经常向皇上提意见，查漏补缺，还是有很多机会的。

杜审言

好吧好吧，啰里啰唆的！@杜甫　那你好好干，做谏官要有谏官的样子。睁大眼睛揪皇帝老子毛病，一找到就使出咱老杜家语不惊人死不休的本事，天天在皇上耳边念叨，念叨得他牢牢记住你、倚重你！总之，别失了老杜家的威风！

咕咕

@包仔　但是，这个得之不易的官位还是很快地被杜甫弄砸了。我在音频里告诉你原因。

《月夜忆舍弟》：战事不断、音信不通的哀怨

杜甫

几位弟弟，你们安好吗？

月夜忆舍弟

戍鼓断人行，边秋一雁声。
露从今夜白，月是故乡明。
有弟皆分散，无家问死生。
寄书长不达，况乃未休兵。

759年 · 秦州

杜闲：你们兄弟几个各散东西难于照应，为父也只能祈求上苍眷顾了。

杜甫回复杜闲：我为好友房琯出头，被免左拾遗一职，贬为华州司功参军。战祸频繁，加之关中大旱，导致民不聊生，我已辞职，携家人西去秦州投奔从侄杜佐及老友赞上人，希望能找到一处安身之地。

杜占：爹，几位哥哥，我正跟在大哥身边，请放心。

杜佐：惭愧！我根本帮不上忙！

杜甫回复杜佐：遭逢乱世，谁不艰难？没事，翠柏苦犹食，明霞高可餐。

赞上人：餐霞食柏，你满腹高洁，但不能充饥啊。

杜甫回复赞上人：那我就重拾困守长安时的老本行，采药、种药、卖药，要是饿得顶不住了，就捡橡子、挖土芋当饭呗。

杜颖：哥，与此帖相隔五年，才能与你在成都见面！

杜观：哥，八年了，终于在夔州见到你了！

杜丰：哥，我此前一直与姑母留在江乐。

搜一搜 搜索

朋友圈 文章 公众号 小程序

圈子 >

舍弟：自己弟弟的谦称。 **戍鼓**：戍楼上用以报时或告警的鼓声。 **断人行**：指鼓声响起后，就开始宵禁。 **边秋**：一作“秋边”，秋天边远的地方，此指秦州。 **长**：一直。

诗意：戍楼上响起禁止通行的鼓声，秋夜的边塞传来孤雁的哀鸣。从今夜就进入了白露节气，还是觉得故乡的月亮最明亮。虽有兄弟却各散东西，家园无存，难以打听他们的消息。以往寄送家书总是无法送达，何况如今战乱频繁，不见休停。

附近的人

杜颖	杜甫同父异母的二弟
杜观	杜甫同父异母的三弟
杜丰	杜甫同父异母的四弟
杜占	杜甫同父异母的五弟
杜佐	杜甫的从侄
赞上人	又称赞公和尚，杜甫的好友

音频

这段穷困潦倒的生活却将杜甫的创作推向了一个新的境界

《早发白帝城》：重获自由，心似轻舟

朋友的新动态

李白

我自由了！我回来了！

早发白帝城

朝辞白帝彩云间，
千里江陵一日还。
两岸猿声啼不住，
轻舟已过万重山。

759年 · 江陵

不让谁看：高适

宗煜：自由了！我耗尽心力都办不到的事，竟是这样办到了！

李白回复宗煜：在我心里，就是娘子办到的！

宗嫌：连郭令公那么位高权重的都办不到啊！

永王李璘：我就更办不到了！没害死太白已是为下辈

子积德了！

杜甫：太白，我求神、祈愿、写诗也办不到啊！

不见李生久，佯狂真可哀。

世人皆欲杀，吾意独怜才。

包仔：好晕！谁能告诉我究竟是谁办到的？

附近的人

宗煜	李白的妻子，宗楚客的孙女，宗嫌的姐姐
宗嫌	宗楚客的孙子，李白的内弟（小舅子）
宗楚客	武则天的宰相
李璘	永王，欣赏李白，并将他招入麾下

搜一搜

搜索

朋友圈　文章　公众号　小程序

圈子 >

白帝：今重庆奉节白帝山，山上有白帝城，位于长江上游。

江陵：今湖北荆州。从白帝城到江陵约一千二百里，其间包括七百里三峡。

诗意：清晨，我告别了高入云霄的白帝城，一天内就到达了千里之外的江陵。长江两岸的猿啼还在耳边回响，轻快的小舟竟已驶过万重青山。

李白、宗煜私聊

李白

“三百六十日，日日醉如泥。虽为李白妇，何异太常妻。”这是我二十多年前写的，没想到，我当真二十年如一日，丝毫不变！娘子，委屈你了！

宗煜

你还代我写了“妾似井底桃，开花向谁笑？君如天上月，不肯一回照”。确实传神。但是，你也不必把自己比喻成周太常呀。

李白

那个周太常嗜酒又好斋戒，经常留在斋戒的地方不回家，妻子去找他，还被他送去大牢谢罪！而我呢，不是醉酒就是外游，不知留你过了多少孤独日子……我跟他有什么区别！

宗煜

我没想这些，倒时常想起当年你在梁园的墙上题写《梁园吟》，我一见倾心，为了不让人擦走，就用千金买下那面墙。那面粉墙一文不值，但有了你的诗则千金不换。你若变了，还是我所钟情的谪仙吗？

李白

我以《梁园吟》为聘礼，你以千金粉墙做嫁妆。普天之下也没谁了。

宗煜

你说你二十年如一日，我又何尝不是那个当年的我呢？看，我也没变呀。

李白

江山虽道阻，意合不为殊。

包仔、咕咕私聊

包仔

花千金买一面墙，好大手笔哦！

咕咕

这位“千金买壁”的宗煜可是武则天时期的宰相宗楚客的孙女，名门之后啊！话说，李白一共娶了两位前宰相的孙女，他的原配许氏的爷爷许圉师也当过武则天的宰相呢。

包仔

哦——原来家世那么厉害！但她说自己耗尽心力也救不了李白，她家那么牛都办不到吗？

咕咕

你知道李白犯了什么罪吗？安史之乱后，李白做了永王李璘的幕僚，后来永王起兵造反，被高适平定了，李白跟着遭了殃，被判附逆罪，是要杀头的！

包仔

那是谁救了李白？

咕咕

宗煜到处求人，功勋卓绝的郭子仪和李白好友宋之悌的儿子宋若思是帮李白免了死罪，但李白还是要被流放到夜郎活受罪啊！

包仔

但最后还是放了呀！那到底是谁办到的呢？

包仔、咕咕私聊

咕咕

宗煜的弟弟宗嫌在浔阳送李白出发，李白到了四川后，得到了唐肃宗大赦天下的消息——死刑的流放，流放的赦免。你知道皇帝老子为什么突然大发善心吗？就因为唐肃宗新立太子要以示恩典，加上关中大旱，求老天多下点雨啊！

敲黑板喽！意象详解

猿啼： 猿的叫声似哭似号，给人凄绝、哀怨的感觉，多用来衬托诗人的感伤。但在《早发白帝城》中，诗人却用了“景因情变”的手法，即景、物原有的感情色彩因应作者当时的心情而发生变化。李白被流放夜郎，在途中获赦，心情轻畅，尽管两岸哀怨的猿声不断，也毫不影响他心中的快意。这个意象的反用，是全诗最精妙之处。李白《梦游天姥吟留别》中的“谢公宿处今尚在，渌水荡漾清猿啼”也是“景因情变”。

音频

有人说杜甫与李白的友情是不对等的，真是这样吗?

《渔歌子·西塞山前白鹭飞》：悠然垂钓，乐而忘归

朋友的新动态

张志和

听说我们这样后世叫作唱卡拉OK，来，我先唱。

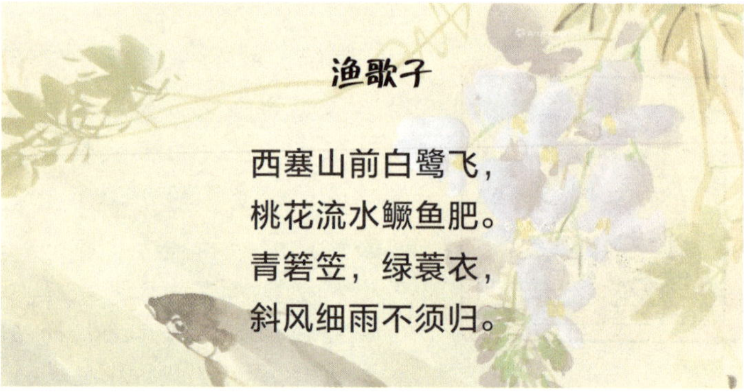

湖州西塞山

♡ 李亨，李泌，陆羽，张松龄，颜真卿，李德裕，吕岩，李煜，苏轼，嵯峨天皇

张松龄：弟弟，你什么时候肯回家？太湖水，洞庭山，狂风浪起且须还。

颜真卿：桃花艳丽，鳜鱼味鲜，都不如玄真子的词美。

张志和回复颜真卿：清臣，到你唱了。

李德裕：我要把这词收入《玄真子渔歌记》，省得失传了。

吕岩：我要学写。

李煜：我也要学写。

苏轼：楼上两位都不如我学得好。

嵯峨天皇：美しい言葉ですね！書き方を勉強したいです。

张志和回复嵯峨天皇：啥意思？

嵯峨天皇：好美的词，我要学写。

搜一搜 搜索

朋友圈 文章 公众号 小程序

圈子 >

作者：张志和（732—774），字子同，初名龟龄，号玄真子，唐朝诗人。

渔歌子：又称《渔父》，原是曲调名，后来人们根据它填词，又成为词牌名。　**西塞山**：在今浙江湖州。　**箬笠**：用竹篾、箬叶编的斗笠。　**蓑衣**：用草或棕麻编织的雨衣。

诗意：西塞山前白鹭在自由地飞翔，江边桃花盛开，春水上涨，水中鳜鱼肥美。渔翁头戴青色箬笠，身披绿色蓑衣，迎着斜风细雨悠然垂钓，乐在其中何须回家？

附近的人

李亨 唐肃宗，给张志和赐名、赐奴婢

李泌 中唐著名政治家，张志和的舅舅

陆羽 茶圣，张志和的好友，于苕溪隐居时结识

张松龄 张志和兄长，作《渔父》词劝张志和回家

颜真卿 唐朝名臣、书法家，张志和的好友，《渔歌子》是他们即兴唱和的其中一首词

李德裕 唐朝名臣，在著作中收录《渔歌子》

吕岩 吕洞宾，写有《渔父》词十八首，格律全依张志和词

李煜 南唐后主，仿填《渔父》词

苏轼 参照《渔歌子》再写新词

嵯峨天皇 日本第五十二代天皇，仿填《渔父》词

渔父词致敬群（36）

不合时宜苏东坡

在那么多首致敬之作中，大多都是按律填词，就数我最别出心裁了吧！西塞山边白鹭飞，散花洲外片帆微。桃花流水鳜鱼肥。自庇一身青箬笠，相随到处绿蓑衣。斜风细雨不须归。哈哈，旧词变新词。

玄真子张志和

竟能抄得那么彻底、坦荡！若不是看得出你对我这首词是真爱，我还真要收你版权费了！

渔父词致敬群（36）

不合时宜苏东坡

这百分百是致敬！

嵯峨天皇

あなたは私の先生です，感谢です。

玄真子张志和

@嵯峨天皇　这又是什么？

嵯峨天皇

你是我的老师，感谢你！

包仔

@咕咕 怎么会有个日本人在群里呢？

咕咕

那位可是日本的第五十二代天皇。根据日本学者的考证，他是日本最早的填词人，最早传世的就是五阕《渔歌子》，正是模仿张志和的《渔歌子》。

包仔

哇！张志和好厉害哦，都能给日本人当老师了！

咕咕

这还用说！当年张志和的《渔歌子》流传到日本，引得当地喜欢中国诗歌的人也开始学着填词，影响深远。后来，日本人还把张志和的《渔歌子》和张继的《枫桥夜泊》选入了教科书呢。

敲黑板喽！意象详解

白鹭：白鹭飞青天，寓意自由；奋力振翅，又寓意进取和努力；飞翔时成群有序，所以又以鹭序寓百官上朝的行列。白鹭通体洁白，代表纯洁；姿态优雅、从容，象征高贵、淡泊。白鹭还是长寿、幸福的象征。

音频

被誉为天才、曾备受唐肃宗重用的张志和为何宁愿做“烟波钓徒”呢?

《春夜喜雨》：有什么比一场及时雨更讨喜

杜甫

这雨真有灵性！

春夜喜雨

好雨知时节，当春乃发生。
随风潜入夜，润物细无声。
野径云俱黑，江船火独明。
晓看红湿处，花重锦官城。

成都浣花溪

♡ 杨氏，严武，高适，黄四娘，王十五司马，萧实，韦续，韦班，何邕，徐卿，房琯，王维

杨氏：前几天你还担心雨水不够来着。它好像知道你的心意一样，真及时。

杜甫回复杨氏：所以说是好雨啊。

黄四娘：煮了好菜备了薄酒，来吃吗？

杜甫回复黄四娘：大唐好邻居！

王十五司马：看样子，表哥的小日子过得不错哦。

杜甫回复王十五司马：感谢王十五雪中送炭为我盖了草堂！

杜甫：在此一并谢过萧实赞助的桃树苗、韦续赞助的绵竹、何邕赞助的桤木、韦班赞助的松树子和大邑瓷碗，还有徐卿赞助的果树！

高适：写首诗就能让好友送来数亩纳凉树荫和白胜霜雪的大邑瓷碗，谁都不服就服你！

杜甫回复高适：何止这些，还有你为我送来钱粮！我杜子美何其有幸才有那么多好友襄助帮衬！知足了！你们都是我的好雨！

< 搜一搜 搜索

朋友圈 文章 公众号 小程序

圈子 >

知：明白，知道。这是一种拟人化的写法。 **乃：**就。 **野径：**田野间的小路。 **晓：**天刚亮的时候。 **花重（zhòng）：**花因饱含雨水而显得沉重。 **锦官城：**成都的别称。三国蜀汉时，当地的蜀锦非常出名，当地政府设置了锦官来管理蜀锦的生产，还建造了城墙以保护蜀锦的生产，所以叫锦官城。

诗意：这场雨好像很会挑选时候，正当春天万物萌生之际降临。它随着春风在夜里悄然而至，默默地滋润万物。雨夜中，田野间的小路一片漆黑；春雨绵密得让人看不清江中的渔船，只能看见江船上的点点渔火。要是早晨起来看看，锦官城里该是一片喝饱雨露的似锦繁花吧！

附近的人

严武	唐朝大臣，诗人，杜甫的世交
高适	杜甫挚友
黄四娘	杜甫住成都草堂时的邻居
王十五司马	杜甫表弟
萧实、韦续、何邕、韦班、徐卿	杜甫好友
房琯	杜甫好友，其被免职时连累杜甫被贬

杜甫草堂集贤群（100）

包仔

老师常说，李白、杜甫是唐朝最伟大的诗人！我已经知道李伯伯为什么被人排挤了，那杜伯伯呢？

住茅屋的杜甫

我的考试经历太悲催了，第一次被考官李昂否掉，还能勉强说是个人喜好问题，但第二次实在无力吐槽。给你回顾一下。

杜甫草堂集贤群（100）

住茅屋的杜甫

李隆基

拟办“唐朝达人试”，有一技之长的都来，量才授职。

拼前程的杜甫

@杨氏 老伴，我发挥得不错，机会挺大的。

宰相李林甫

统统不晋级！@李隆基 禀皇上，大喜啊！这说明野无遗贤，有才能的都招了！

住茅屋的杜甫

我辗转于各大人才招聘市场投简历，拜见权贵名士求推荐，但多数都石沉大海。好不容易穿过刀光剑影找到组织，做了个左拾遗，又因为帮好友房琯强出头而被贬。现在就只能在草堂边种种菜、养养花了。

住茅屋的杜甫

仕途上，我等不到一场及时的春雨，但我的花花、菜菜等到了，我也老怀安慰了。

音频

是什么促成杜甫举家搬到成都，得享几年稍微安定的日子呢？

《茅屋为秋风所破歌》：愿天下人安居乐业

杜甫

屋漏偏逢连夜雨啊……没事！你们好就行，我无所谓。

茅屋为秋风所破歌

八月秋高风怒号，卷我屋上三重茅。
茅飞渡江洒江郊，高者挂罥长林梢，下者飘转沉塘坳。
南村群童欺我老无力，忍能对面为盗贼。
公然抱茅入竹去，唇焦口燥呼不得，归来倚杖自叹息。
俄顷风定云墨色，秋天漠漠向昏黑。
布衾多年冷似铁，娇儿恶卧踏里裂。
床头屋漏无干处，雨脚如麻未断绝。
自经丧乱少睡眠，长夜沾湿何由彻！
安得广厦千万间，大庇天下寒士俱欢颜！风雨不动安如山。
呜呼！何时眼前突兀见此屋，吾庐独破受冻死亦足！

761年秋 · 成都浣花溪

王十五司马：表哥，我负责给你修好。

高适：缺什么跟我说，马上送来！

韩愈：李杜文章在，光焰万丈长！

白居易：学到了！争得大裘长万丈，与君都盖洛阳城。

包仔 回复白居易：请问这句是什么意思啊？

咕咕 回复包仔：就是说，如果有长万丈的秋衣秋裤之类的防寒衣物盖住洛阳城，让这里所有人都不用冻着就好了。跟杜甫的“安得广厦千万间，大庇天下寒士俱欢颜”差不多意思。

宋·郑思肖：这诗道尽了少陵的忧国心啊。

< 搜一搜 搜索

朋友圈 文章 公众号 小程序

圈子 >

挂罥（juàn）：挂着，挂住。 **俄顷（qǐng）**：不久，一会儿。 **屋漏**：指房子西北角，古人在此开天窗，阳光便从此处照射进来。床头屋漏，泛指整个屋子。

诗意：八月秋深，狂风怒号，卷走了我屋顶上好几层茅草。茅草乱飞，渡过浣花溪，散落在对岸江边。飞得高的茅草挂在高高的树梢上，飞得低的飘飘洒洒，沉落到池塘洼地里。南村的一群孩子欺负我年老没力气，竟忍心这样当面做“贼”抢东西，毫无顾忌地抱着茅草跑进竹林去了。我费尽口舌也喝止不住，回家后拄着拐杖独自叹息。

一会儿风停了，天上的乌云像墨一样黑，深秋的天空阴沉迷蒙，天色渐暗。布被盖了多年，又冷又硬，像铁板似的。孩子睡姿不好，把被子蹬破了。一下雨，屋内没有一个地方是干的，雨水像麻线一样不停地滴下来。自战乱以来，我就睡得很少，长夜漫漫，屋漏床湿，怎能挨到天亮！如何能得到千万间宽敞高大的房子，庇护天下间贫寒的读书人，让他们开颜欢笑呢？如何能让房子结实得像山一样无惧风雨呢？唉！什么时候眼前出现这样高耸的房屋，那么即使我的茅屋被秋风吹破，让我受冻而死也心甘情愿了！

附近的人

韩愈 赞誉“李杜文章在，光焰万丈长”

郑思肖 宋朝诗人，作《杜子美茅屋为秋风所破歌图》，称赞杜甫的忧国忧民之心

敲黑板喽！意象详解

雨：连绵不绝的雨容易让人产生忧愁或厌烦的心情，因此诗人常借雨抒发愁绪。

如离愁：“梧桐树，三更雨，不道离情正苦。”

如烦恼：“如今憔悴，但余双泪，一似黄梅雨。”

杜甫

雨也具有惊人的破坏力，因此诗人也会把雨比喻为险恶的政治环境，如“垂死病中惊坐起，暗风吹雨入寒窗”；或以雨寄寓艰苦的生活环境，如杜甫的这首《茅屋为秋风所破歌》。

另外，雨亦滋润大地、孕育生机，因此雨也代表着希望，如杜甫的另外一首《春夜喜雨》。

《独坐敬亭山》：长相看而两不生厌的，只有你了

全网广播：762年，李隆基崩，李亨旋亦崩，李辅国杀张皇后，拥太子李豫即位（是为唐代宗）。

李白

勿赞勿评，就想静静。

独坐敬亭山

众鸟高飞尽，孤云独去闲。
相看两不厌，只有敬亭山。

宣城

李白：我已数不清自己是第几次来了，让我想想……

李白：第一次来，是因为在宣城做长史的堂弟李昭几次三番盛情邀请，他“常夸云月好，邀我敬亭山”。

李白：每次来宣城，我都一定来看你。当时可热闹了，身边一群文友“屈盘戏白马，大笑上青山”。

李白：你问我喜欢来这儿做什么？“闲听松风眠”啊，“逢君纵酒还”啊，无他，看看风景，喝点小酒，享受！

李白：对了，我还很仰慕南朝时在宣城做了两年太守的谢朓，我在这儿的谢朓楼写过一首很有名的诗：“弃我去者，昨日之日不可留；乱我心者，今日之日多烦忧。”还有两句我也很喜欢：“抽刀断水水更流，举杯消愁愁更愁。人生在世不称意，明朝散发弄扁舟。”

李白：我有多喜欢你？“我家敬亭下，辄继谢公作。”我在山下盖了房，接了儿女来，你说呢？

李白：这儿的酒也留人啊！城里有个酿酒高人叫纪叟，他酿的老春真是无与伦比！可惜他已经搬到黄泉酿老春了，但那里没我李白，他卖酒给谁呢？

李白：你看，鸟飞云散，人事全非，都走了，就只有你。还是你好啊。

< 搜一搜 搜索

朋友圈 文章 公众号 小程序

圈子 >

敬亭山：在今安徽宣城北。

诗意：群鸟高飞无影无踪，孤云独去自在悠闲。你看我，我看你，彼此相看两不生厌的，也只有你敬亭山了。

李太白追仙群（500）

贺知章

憋得我！我真想在诗下留几句，就怕打断了你的大独白。

孟浩然

真正的朋友绝不只是锦上添花。

杜甫

赠诗多首，一直没收到回复。你不是一个人！

元丹丘

青山依旧，绿水长流，情谊永存！

李太白

大家想多了。你谓我孤独，我只是学会了独处。想当年，我喜欢歌舞喧嚣、觥筹交错、众星捧月，现如今，我也能享受一个人的闲适平静。

李太白

@李阳冰 叔，在你家养病多时，打扰了！我还有一事相求，请帮我把诗稿收好。

李阳冰

怎么突然就……放心，贤侄托付之事，我定当尽心尽力。好好养病吧。

李太白

仲尼亡兮谁为出涕。

30%

李太白追仙群（500）

咕咕

@包仔 这是太白最后一首诗的最后一句。一生充满浪漫传奇色彩的谪仙就连离去也依然那么神秘，好像他早就预知了一样。想知道详情，就请扫《出版前言》中的二维码收听音频吧。

《江畔独步寻花（其六）》：蝶舞莺啼，百花闹春

杜甫

要是不去看花，岂不辜负了这大好春天？

江畔独步寻花（其六）

黄四娘家花满蹊，
千朵万朵压枝低。
留连戏蝶时时舞，
自在娇莺恰恰啼。

成都浣花溪

杨氏：又双叒叕自己去看花呀？

杜甫回复杨氏：要是夫人愿意陪我去就更好了！

杨氏回复杜甫：那就要带上儿女一起才行。

黄四娘：有赖于大诗人的宣传，我是素人变网红，我家也成为打卡热点哦。

严武：看来子美修好了漏水的草堂，心情很不错哦。

杜甫回复严武：还是会漏的。但不能总看着眼前那点不如意啊，也得给自己找点乐子嘛。

宋·苏轼：虽然这首诗不算很好，但难得看见子美清狂野逸的状态哦。

< 搜一搜 搜索

朋友圈　　文章　　公众号　　小程序

圈子 >

蹊（xī）：小路。　　**恰恰**：象声词，形容鸟叫声和谐动听。

诗意：黄四娘家周围小路开满鲜花，万千花朵压得枝条又弯又低。彩蝶在花间盘旋嬉戏不舍离去，自由自在的小黄莺叫声悦耳动听。

< **附近的人** · · ·

黄四娘　杜甫住成都草堂时的邻居

严武　唐朝大臣、诗人，杜甫的世交

< **杜甫、杨氏私聊** · · ·

寻花的老叟

夫人，我一共写了七首寻花绝句，好让你能身临其境。

杜甫、杨氏私聊

看家的老妻

我每次入诗，不是叫老妻就是山妻，难得你这次那么浪漫。我还以为自己嫁了个假诗人呢。

寻花的老叟

虽然我嘴不甜，但胜在一心一意啊。

看家的老妻

你全副心思都在忧国忧民上，哪有时间作妖？你看你，写了七首，前四首与其说是寻花，还不如说是去找酒。什么“走觅南邻爱酒伴”“应须美酒送生涯”“谁能载酒开金盏”……杜郎，春日赏花就要开开心心，别总是叹气，老想着喝酒。

寻花的老叟

春花最灿烂时就要凋谢了，怎不叫人叹息呢？就像大唐曾经的好日子都到头了……

看家的老妻

你又来了！还是说诗吧。我喜欢你第五首的“桃花一簇开无主，可爱深红爱浅红”，第六首的“留连戏蝶时时舞，自在娇莺恰恰啼”也不错哦。我们还有很多选择，可以爱深红的桃花也可以爱浅红的，还有那蝶舞莺啼，生气勃勃，自由自在，多好啊！希望总会有的，好日子也会来的。

寻花的老叟

夫人说得太好了！

敲黑板喽！意象详解

蝴蝶：蝴蝶忠于伴侣，双宿双飞至死，因此是忠贞爱情的象征。

蝴蝶轻盈，翩翩飞舞，符合人们心目中灵魂的特点，因此是灵魂的象征。

庄周梦蝶，真幻难辨，所以蝴蝶也充满梦幻的色彩。

蝴蝶破茧而出，寄寓脱胎换骨、重生。

蝴蝶色彩、姿态俱美，是美好的象征。

蝴蝶飞舞无拘无束，代表着对自由的向往与追求。

蝴蝶生命短暂、脆弱，也常被用以抒发人生苦短、韶华易逝的感叹。

《闻官军收河南河北》：喜闻捷报急还乡

全网广播：762年冬，唐军收复洛阳、郑州、汴州等地，叛军头领薛嵩、张忠志等纷纷投降。763年正月，史思明的儿子史朝义兵败自缢，其部将田承嗣、李怀仙等相继投降。至此，持续八年之久的安史之乱宣告结束。

杜甫

打赢了！回家咯！

闻官军收河南河北

剑外忽传收蓟北，初闻涕泪满衣裳。
却看妻子愁何在，漫卷诗书喜欲狂。
白日放歌须纵酒，青春作伴好还乡。
即从巴峡穿巫峡，便下襄阳向洛阳。

763年春 · 梓州

♡ 杨氏，杜颖，杜观，杜丰，杜占，高适，王维，岑参

高适：子美这首应景之作让人看得真舒心啊！

杜甫回复高适：平定战乱，你功不可没啊！

杨氏：终于熬出头了！

杜颖：大哥，团圆在望了！

杜甫回复杜颖：太想念你们了！

杜宗文：爹，是不是能有饱饭吃了？那我就更有力气干活了。

杜宗武：局势好了，爹可能又要去求仕了，那就没什么时间教我诗文了。

杜甫：宗文、宗武，你们一个分担家务，一个积极求学，都是好样的！如今战乱已平，日子会越来越好的！

清·浦起龙：这是子美生平第一首快诗也。

< 搜一搜 搜索

朋友圈 文章 公众号 小程序

圈子 >

剑外：剑门关以南，这里指四川。 **蓟北**：泛指唐代幽州、蓟州一带，今河北北部地区，是安史叛军的根据地。

诗意：剑门关外忽然传来收复了蓟北的消息，我不禁喜极而泣泪湿衣衫。回头看妻儿的愁容也已统统消散，胡乱收拾着诗书欣喜若狂。大白天里引吭高歌应当开怀痛饮。明媚的春光正好陪伴我返回那久别的故乡。立即动身，就从巴峡穿过巫峡，再从襄阳直奔洛阳。

< 附近的人 ···

杜宗文、杜宗武 杜甫儿子。杜甫至少还有两个女儿、一个幼

子。幼子于755年11月在奉先（今陕西蒲城）饿死了，杜甫在悲痛中写出《自京赴奉先县咏怀五百字》，其中最著名的句子是“朱门酒肉臭，路有冻死骨”

浦起龙 清雍正八年（1730）进士，著有《读杜心解》，杜甫粉丝

包仔、咕咕私聊

包仔：太好了！打赢了！大家都有好日子过咯！

咕咕：可惜事实并不是这样。

包仔：啊？为什么呢？

咕咕：因为各种内忧外患。如果你有兴趣了解安史之乱对唐王朝乃至整个中国历史走势的影响，可以扫描《出版前言》中的二维码收听音频。单就学古诗来说，你只需要知道，安史之乱改变了许多大诗人的人生，这就足够了。

包仔：譬如呢？

咕咕：譬如杜甫，他的小儿子饿死了，兄弟各散东西，他带着一家大小到处逃难，后来去了成都建草堂。

包仔、咕咕私聊

咕咕

再看李白。当年永王李璘就是被唐玄宗封四道节度使镇守江陵，但永王被人怂恿着动了歪脑筋，想占据一方，而李白就是因为投靠了永王，差点丢了性命，后来被改判流放，直到唐肃宗李亨大赦天下才重获自由。

咕咕

还有王维，被安禄山软禁在洛阳，被迫接受伪职，如果没有那首表明忠心的《凝碧诗》和他弟弟王缙、挚友裴迪的力保，他也被治罪了。

包仔

难道就没有好一点的吗？

咕咕

有是有，但屈指可数。在安史之乱中像搭了直升机扶摇直上的，就是经常接济杜甫的高适，因为他平乱有功。

咕咕

总之，你记住，安史之乱是许多大诗人人生中的重要节点，他们所经历的深重苦难，也成为他们创作的源泉。

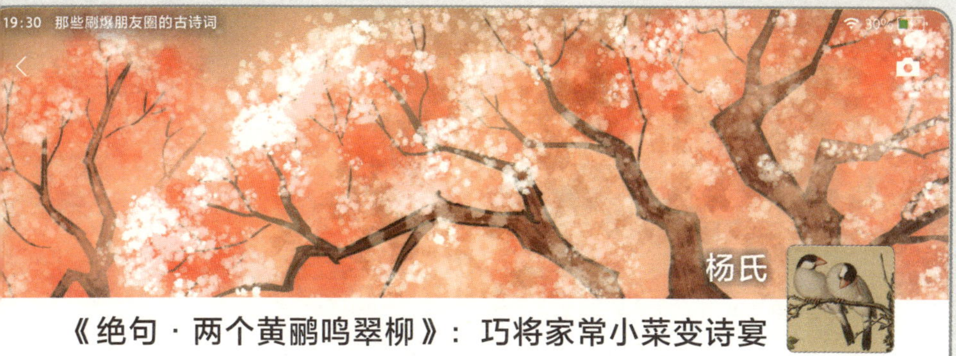

《绝句 · 两个黄鹂鸣翠柳》：巧将家常小菜变诗宴

全网广播：763年，吐蕃军攻占长安，大掠而去，长安为之一空。

杨氏

请全能全知的票圈支招！夫君朋友来家里做客，但是没有好菜招待，咋整呢？

高适：弟妹不用愁。朋友来不是为了吃，是为了见面叙旧。

严武：子美人缘真好，刚回草堂不久就有人登门拜访了。

杜甫：夫人，还剩哪些食材？

杨氏回复杜甫：只有两个鸡蛋、一把韭菜、少许豆腐渣。

杜甫回复杨氏：有了！请夫人按这食谱做：

两个黄鹂鸣翠柳（蛋黄配韭菜）
一行白鹭上青天（蛋白配韭菜）
窗含西岭千秋雪（清蒸豆腐渣）
门泊东吴万里船（清汤漂蛋壳）

高适回复杜甫：原来吃的是诗宴。菜式简单，但菜名不凡！

搜一搜 搜索

朋友圈 文章 公众号 小程序

圈子 >

西岭：西岭雪山，位于四川成都。 **千秋雪：**千年不化的积雪。 **东吴：**古时吴国的领地，今江苏省一带。 **万里船：**不远万里开来的船。

诗意：两只黄鹂在翠绿的柳枝间鸣叫，一行白鹭向湛蓝的高空里飞翔。推窗即见西岭千年不化的积雪，门口停泊着从东吴万里开来的船只（或可理解为将不远万里驶向东吴的船只）。

包仔、咕咕私聊

包仔

这首诗真的是菜名吗？

咕咕

这是关于这首诗的一个传说，其实还有不同的版本。其中一个是，有个诗人故意刁难一个厨师，要厨师用两个鸡蛋、一把青菜办一桌酒席，而且每一道菜都要引用一句名诗。

包仔

哦——那个厨师用了杜甫的这首《绝句》？哈哈，这个传说真好玩！

包仔、咕咕私聊

咕咕

也好记！想想那几个菜，就能把诗背出来了。但据说，这首诗是杜甫764年回到成都草堂时写的组诗之一。762年，杜甫的好友成都尹严武入朝，蜀中发生动乱，杜甫就带着家人到梓州避乱。直到764年严武再次回到成都镇蜀，杜甫才回到成都草堂。杜甫当时心情很好，就写了四首即景绝句，这首是第三首。

包仔

要我选，我还是喜欢那个诗宴传说。

敲黑板喽！意象详解

咕咕：黄鹂声音清脆悦耳，是美好的象征。对，说的就是我！诗人常用黄鹂开启赞美模式，如赞美春天、赞美生机等。

也有诗人借黄鹂抒发春光消逝、物是人非或怀才不遇的感叹。那些忧郁哥，面对着那么可爱的我，听着那么动听的歌，怎么就发愁了呢？

包仔：老师说，那叫反衬。越是看到美好的东西就越是失落，因为觉得这些美好跟他们不沾边。

《绝句 · 迟日江山丽》：暂借旖旎春光聊解乡愁

杜甫

回到久违的草堂，好好享受春景。

绝句

迟日江山丽，
春风花草香。
泥融飞燕子，
沙暖睡鸳鸯。

764年春 · 成都浣花溪

♡ 严武，高适，岑参，王维，杜颖，杨氏

严武：你也闲够了吧？过些时日来我这儿当个检校工部员外郎吧。

杜甫回复严武：谢谢关照！

高适：想干点什么就干，不想干就闲着养着。有我在，别担心。

杜甫回复高适：“但有故人供禄米，微躯此外更何求？”可是，仲武，我也羞啊！

杜颖：哥，你回草堂了？我要来看你！

杜甫回复杜颖：太好了！我们哥俩要好好聚聚！

夔州都督柏茂林：没想到高适、严武在同一年相继而去……子美，来我这儿吧，暂时帮我代管一百顷公田。

杜甫回复夔州都督柏茂林：

搜一搜 搜索

朋友圈 文章 公众号 小程序

圈子 >

迟日： 即春日，语出《诗经·豳（bīn）风·七月》“春日迟迟”。

泥融： 春日来临，冻泥融化，又软又湿。

诗意： 沐浴在春日中的江山是多么秀丽。春风送来了花草的芳香。燕子衔着湿泥忙于筑巢，暖和的沙子上睡着成双成对的鸳鸯。

附近的人 · · ·

柏茂林 唐朝官员，特别关照杜甫

包仔、咕咕私聊

包仔

那个夔州都督柏茂林的意思是高适和严武都死了吗？

咕咕

是的，这两个一直关照着杜甫的人在765年先后去世。

包仔

那杜甫怎么办？

咕咕

766年，他去了夔州投靠柏茂林，既代管公田，也租了些公田和买了果园来种植。但他的身体越来越差了，得了消渴症，也就是糖尿病，还有右臂偏枯，后来耳朵也听不见了。

包仔

太惨了！那杜甫是不是就在夔州终老呀？

咕咕

不是。在夔州跟弟弟杜观见面后，他太想念家乡了，就乘船出峡，可惜因为北方战争不断，他手头拮据加上年老多病，始终无法北归。在漂泊到湖南岳阳的时候，他写了一首《登岳阳楼》，其中一句“亲朋无一字，老病有孤舟”是他当时最真实的写照，既没有亲朋的音信，自己还一身病痛。

包仔

我看不下去了……

咕咕

770年，他就在船上离开了人世。关于他的死，就像李白那样，有很多传说。也许是因为很多人都不想诗圣就这么离开了吧……

敲黑板喽！意象详解

燕子：燕子是候鸟，秋去春回，因此象征着春天的美好，表达喜春或惜春之情。

燕子翅膀尖而长，尾似剪刀，飞行姿态优美，人称“燕舞”，常与“莺歌”并用，是风调雨顺、盛世太平的象征。

燕子喜欢成双成对，因此用以表现爱情的美好，传达思念之切。

燕子不忘旧巢，因气候变化而离开但总会回来，因此也代指世事变迁，常用来抒发昔盛今衰、物是人非、亡国破家的感慨和悲愤。

唐代郭绍兰于燕足系诗传给丈夫任宗，因此燕子也代表书信的传送。

燕子总是漂泊流浪，也寄寓羁旅之思、流浪之苦。

鸳鸯：六朝前的诗歌，鸳鸯多指兄弟、朋友之谊。如晋人郑丰有《答陆士龙诗》四首，第一首《鸳鸯》的序文写道："鸳鸯，美贤也，有贤者二人，双飞东岳。"这里的鸳鸯是指陆机、陆云兄弟。

鸳鸯成双成对、形影不离，因此是美好爱情的象征。如初唐四杰之一卢照邻的"得成比目何辞死，愿作鸳鸯不羡仙"。